# 이고리 원정기
## 중세 러시아의 영웅 서사시

# 차례

편집자 해설 - 드미트리 리하쵸프  007
  『이고리 원정기』, 러시아 문학의 황금같은 언어

『이고리 원정기』 초판 간행본(1800)  049

『이고리 원정기』 대역 번역  107

『이고리 원정기』 해설 번역  175

편집자 주  213

부록  225
  키예프 루시 공령과 전체 지도  226
  이고리 공의 원정도  227
  공후 가계도  228

번역을 마치며  231

작품 해설

# 『이고리 원정기』, 러시아 문학의 황금같은 언어

- 드미트리 리하쵸프

## 1. 『이고리 원정기』 시기의 루시

『이고리 원정기』(Слово о полку Игореве)는 루시의 봉건 분할 과정이 절정에 달했을 때 창작된 작품이다. 키예프 루시를 구성하는 "반(半)국가"라 할 수 있을 봉건 공령(公領; княжество) 중 적지 않은 곳은 서로에게 강한 적개심을 품는 경우가 있었고, 공령의 영지와 연장권을 두고 분쟁이 일어나기도 했으며 공후의 개인적 이익을 위해 형제 공후를 죽고 죽이는 전쟁도 때로는 서로 불사했었다. 그러면서 루시 땅[01]의 중심으로서 키예프의 중요성은 자연히 하락했다.

키예프 통일 국가의 해체는 '현명한' 야로슬라브의 치세인 10세기 초반, 폴로츠카야 지역이 분리되어 나갈 때 이미 시작되었다. 현명한 야로슬라브 공후의 죽음 이후 루시 땅에서의 지속적인 분리와 분할을 막을 수 없었다. 야로슬라브의 유언에 의해 그 당시 주요한 루시 도시들인 키예프(Киев), 체르니고프(Чернигов), 페레야슬라블(Переяславль), 블라디미르-볼르인스키(Владимир-Волынский), 스몰렌스크(Смоленск) 등은 인접한 지역과 함께 야로슬라브의 아들들에게 골고루 돌아갔다. 11세기 말엽, 체르니고프 공령은 야로슬라브의 손자인 올레그 스뱌토슬라비치(Олег

Святославич)와 그의 후손들 몫으로 완전히 정리가 되었다.『원정기』작가는 바로 이 올레그 스뱌토슬라비치를 루시 땅에 "내분의 씨앗을 뿌리고 키워낸(сѣяшется и растяшеть усобицами)" 공후 중 한 명으로 정확하게 지목하며, 그를 올레그 '고리슬라비치'(Гориславич)[02]라고 부른다.

블라디미르 모노마흐(Владимир Мономах) 시절인 1097년, 류베치 회합(Любечский съезд)에서의 회의를 통해 공령 상속의 개념으로서 개별 공령의 분리가 인정되었다. 이때 결정된 사항 중 하나는, "누구든 아버지의 땅은 자기가 갖는다(Каждо да держит отчину свою)", 즉 아버지가 소유했었던 땅은 자식에게 상속해 줄 수 있다는 것이었다.

루시 땅의 분리를 받아들인 류베치 회의는 공후들에게, 그러나, 지지를 얻지 못했으니 회의 결과가 받아들여짐과 동시에 위반되었다. 공후 중 한 명인 바실료크 테레보블스키(Василек Теребовльский)는 두 명의 다른 공후들에게 비열한 방법으로 나포되어 눈이 멀어졌다. 공후들의 불화가 처음부터 다시금 시작된 것이다. 공후들의 단합을 호소하며 키예프 시민들은 당시 키예프 대공인 블라디미르 모노마흐에게 지도자들의 반목으로 '루시 땅을 망치지 말아 달라'고 거듭 부탁을 해왔다. 또한 그들은 루시의 적은 폴로베츠인들(половцы)로 루시 공후들의 싸움에 기뻐하며 폴로베츠가 우리네 땅을 차지하게 될 것임을 다시 한번 상기시켰다. 민중들의 호소문은 자신들의 싸움으로 '루시 땅을 망치려'는 공후들을 직접 언급, 비난하며 끝맺고 있다.

갈리치(Галич), 랴잔(Рязань), 스몰렌스크, 블라디미르-볼르인스키, 블라디미르(Владимир), 로스토프(Ростов), 노브고로드(Новгород) 등 이 모든 지역의 중심도시들이 정치적 독립을 강하게 지향했으며, 지속적으로 약화되는 키예프 대공의 영향력에서 벗어나 자신들의 지역적 이익을 우선시하기 시작했다. 그 결과 키예프 루시의 공후들은 서로의 이익이 충돌할 때는 무력 분쟁도 불사했으니 사소한 일도 "중요한 일이다"(се великое)며 진흙탕 같은 형제간 전쟁에 계속 몰두했었다.[03]

형제들 간의 전쟁은 루시 땅에 언제나 드리워져 있었던 남쪽 스텝 지대 유목민들로부터의 위협과 결합해 더욱 비극적인 양상을 띤 채 복잡해져갔다. 폴로베츠인들은 11세기 중반 무렵 이미 볼가강과 드네프르강 사이의 넓은 스텝 지역을 장악했으며 발칸 반도로도 침략해 들어갔다. 하자르(хазары), 페체네그(печенеги) 그리고 폴로베츠를 비롯한 흑해에 면한 남부 스텝 지역의 유목민들의 세력은 매우 막강해서 심지어는 비잔틴 제국도 위협했으며, 비잔틴은 루시 공후들에게 언제나 도움을 요청해야만 했다. 루시 공후들은 12세기 초 폴로베츠인들에게 큰 승리를 거두며 그들의 세력을 꺾는 데 성공했으나, 유목민들은 접경 지역 루시인들의 촌락과 도시들을 계속 약탈하고 방화를 일삼았으며 수많은 주민들을 죽이고 노예로 끌고 가고 팔기도 했다. 스텝 지역 유목민들은 말을 이용한 뛰어난 기동력을 바탕으로 별다른 자연장애물이 경계로 거의 작용하지 않은 루시 동남부의 끝없이 펼쳐진 광활한 초원 지대를 자유로이 누비고 다녔으며, 이는 키예프 루시 입장에선 사실상 방어가 불가능한 일이었다. "미지의 나라"(страны незнаемой)의 끝없는 "거친 벌판"(дикое поле)에서 밀려드는 유목민들은 불시에 기습적으로 루시 땅 깊숙이 습격해 들어오기도 했다. 초원에서 닥쳐오는 기습은 그러나 공격당한 공령의 끈질긴 저항에 부딪혀 종종 분쇄되기도 했었다. 그 결과 폴로베츠인들 중 일부는 접경 지역에서 정착과 농경 생활을 해나가며 "코부이(ковуй)" 또는 "우리편 이교도(свои поганы)"라고 불리며 점차 평화적인 루시 문화의 영향권 내로 스며들어 오기도 했다. 그러나 루시 공후들의 반목은 새로운 침략 가능성을 제공했다. 서로서로를 적대시한 루시 공후들은 자신들끼리의 분쟁에 폴로베츠인들에게 댓가를 약속하고 그들을 구원병처럼 루시 땅으로 불러들였으며, 이는 수백년 동안 쌓여져 온 루시의 국가 체제를 뒤흔드는 비극적인 일이었다.

## 2. 『이고리 원정기』 시대 루시의 문화

루시 정치적 통일성의 동요는 그러나, 문화적 쇠퇴와 관련은 없었다. 키예프 국가의 해체는 개별 공령의 경제적 발전과 성장, 새로운 지역 중심의 형성과 도시 인구의 적극성의 발흥 등이 원인이 되어 가능하기도 했다.

전통적인 키예프, 노브고로드, 그리고 체르니고프와 함께 이 시기 동안 루시 문화의 수많은 새로운 요람들이 생겨나고 그 입지를 튼튼히 했으니, 블라디미르와 블라디미르-볼르인스키[04], 폴로츠크와 스몰렌스크, 투로프(Туров)와 갈리치 등이 그러하다. 지역의 문학적 유파, 지역적 특색이 강하게 묻어나는 건축과 회화 그리고 공예 등이 지속적으로 발전했고, 특히 12세기 후반기부터 뚜렷한 지역적 흐름으로 정착해 나갔다. 키예프, 체르니고프, 블라디미르-볼르인스키, 갈리치, 노브고로드, 스몰렌스크와 블라디미르를 위시한 넓은 루시 땅의 다른 많은 도시들에 석조 교회가 세워졌다.

이들 교회 중 한 곳에 대해 이 시기 연대기 기록자는 인간이 할 수 있는 "всею хитростью"(모든 기술을 동원해) "измечтано"(꿈에서 나온듯) 만들어졌다라고 기술하고 있다. 오늘날까지 블라디미르에 남아 있는 이 시기의 흰 석조 건축은 겉면에는 사자, 표범, 그리핀, 켄타우루스, 기사 등의 모습이 부조로 장식되어 있다. 회화에서는 뛰어난 수준의 프레스코화가 그려졌다. 그 시대 프레스코화의 일부가 프스코프(Псков), 스타라야 라도가(Старая Ладога)와 노브고로드 등지에 아직 보존되어 있다. 비록 이들 종교 건축의 내부 장식으로 그려진 프레스코화는 대부분 종교적인 내용을 담고 있지만, 이 프레스코화를 만든 러시아 장인들은 민중 예술 또한 이해하고 사랑하는 사람들이었으며, 자연히 이들 프레스코화에는 삶에 대한 기쁨이 넘쳐 흐르는 소박하고 아름다운 루시 민중 예술이 반영되어 있다.

『이고리 원정기』 시대 루시 문화의 높은 수준에 대해서는 공예 예술 또한 하나의 증거가 될 수 있다. 12세기 예술 공예는 화려한 채색 수사본 및 세련되고 호화로운 법랑과 상감 금은보석 세공품과 철 제품, 골상 공예품, 석재와 목재 제품 등을 통해 그 수준을 짐작케 한다. 오늘날까지 전해지는 이 시기에 확립된 이런 공예 전문 분야가 무려 42 분야나 된다.

12세기 언어 예술은 매우 특별한 경지에까지 도달했다. 대부분의 12세기 중세 루시

기록 문학 작품들의 그 원형은 대단히 유감스럽게도 오늘날까지 현존하지는 않지만, 후대의 필사 형태로 살아남은 몇몇 기록 문학 작품은 12세기 문자 문화의 높은 수준과 문자 문화 유파와 많은 장르의 존재, 문자 문학에 대한 수요, 문자 문학 독서에 익숙한 환경 등의 제반 정황을 충분히 증명해주고 있다. 이 시기 연대기는 거의 모든 도시와 많은 수도원, 그리고 드물지 않게 지역 공후들의 궁정에서 기록되었다.

독보적이다싶을 정도의 11~12세기 중세 문학의 빠른 발전은 중세 루시 문학어의 성장과 밀접한 관련이 있다.[05] 중세 루시 문학어는 압축적이면서도 표현력이 뛰어나고 유연하며 단어의 의미도 풍부하고 동의어도 매우 많으며 생각과 감정의 미세하면서도 다양한 층위를 표현해 낼 수 있다. 이 시기의 루시어는 엄청나게 복잡다단한 루시 현실의 여러 다양한 언어적 필요성에 화답했으며, 풍요로운 정치, 군사 및 기술적 전문용어를 만들어냈고, 교회와 세속정치 영역에서의 섬세한 언어가 필요한 웅변술을 완전히 녹여 냈으며, 중세 서유럽 일반의 최고의 문학 작품들을 번역해 낼 수 있었다. 중세 루시 문학어의 발전은 몽골-타타르의 침략과 지배에도 파괴되지 않고 사라지지 않은 중세 루시 문화의 높은 수준을 반영하는 것이기도 하다.

중세 루시 필사 문학어는 루시 구어 문학어의 토대 위에 발전했다. 루시 구어 문학어는 고도로 발달한 민중 구전 시가와 웅변과 수사학이 돋보이는 정치 언어를 말한다. 루시 공후들이 적과의 전투를 앞두고 병사들에게 "подавати дерзость"(내던졌던 자극적인 말)은 압축성, 선명함, 힘, 자유로운 표현 등에 있어 너무나 뛰어나다. 압축적 특징, 언어 형태의 완결성, 이미지는 베체(вече)[06] 모임에서 발화되는 정치적 언어의 특성이기도 했다. 연회의 자리나 재판정, 공후들의 회합, 외국 사절을 접견하는 자리의 언어 또한 이와 유사했으리라 추정할 수 있다. 루시 문학어에는 교회 문헌과 전례서 등을 기록한 '교회슬라브어'라는 이름으로 이용되며 잘 알려진 중세 불가리아어의 개별 단어와 표현 등도 역시 녹아 들어왔다.

그러나 루시어의 문법적 구조는 루시어로서의 면모를 그대로 유지해냈으며, 개별 교회슬라브어 단어들이 루시어의 기본적 어휘 틀을 변형시키지는 못했다. 루시인들의 언어는 교회슬라브어의 요소 또한 잘 소화해내 더욱 풍요롭고 다채로운 언어로 발돋움해 나갔다. 12세기 중세 루시인들의 언어의 어휘는 이미 매우 풍요로왔다.

루시 연대기의 언어와 루시 인들의 외교 조약과 각종 정치적 문건의 공식적이고 실무적인 언어, 많은 다른 루시 필사문학 작품의 언어, 무엇보다도 『이고리 원정기』의 언어는 중세 루시인들의 필사 문학어이다. 풍요롭고 표현력 뛰어난 이 언어는 그 시대 루시 인들의 얻어냈던 가장 값어치있는 것 중의 하나이다.

## 3. 노브고로드-세베르스크 공후 이고리 스뱌토슬라비치의 원정

1185년의 이고리 스뱌토슬라비치의 원정에 대한 연대기 기록은 두 편이 남아 있다. 이파티 연대기에 보다 자세한 기록을 찾아볼 수 있으며, 좀더 압축된 형태로는 라브렌티 연대기에 전해져 온다. 이 두 연대기의 기록을 토대로 1185년 이고리의 원정을 아래와 같이 재구성해 볼 수 있을 것이다.

1185년 4월 23일, 화요일, 노브고로드-세베르스크의 공후 이고리 스뱌토슬라비치는 아들인 푸티블의 공후 블라디미르와 조카인 르일스크의 공후 스뱌토슬라브 올고비치, 그리고 체르니고프 공후인 야로슬라브 브세볼로도비치가 보낸 무장 올스틴 올렉시치가 지휘하는 코부이(ковуй; 루시로 전향한 폴로베츠인들) 부대와 함께 키예프 대공 스뱌토슬라브와는 아무런 상의없이 폴로베츠인들을 향해 스텝 지대 멀리까지 원정을 떠나게 된다. 겨울 동안 잘 먹어서 살이 오른 말들은 얌전히 행군을 했다. 이고리는 기사들을 모으며 길을 갔다. 도네츠 강변에서 5월 1일 거의 해질 무렵 개기일식이 일어났다. 달이 태양을 가려 시야에서 사라지는 일식은 당시 흉조로 여겨졌으나, 이고리는 말을 돌리지 않았다. 오스콜(Оскол) 강변에서 이고리는 이틀 동안 자신의 영지 쿠르스크(Курск)에서 출발해 다른 길로 오고 있던 동생 브세볼로드를 기다렸다. 오스콜 강에서 합류한 두 공후는 계속 이동해 살니차(Сальница) 강에 근접했다.

이고리가 생각한대로, 폴로베츠인들의 목을 단숨에 조여 매는데는 실패했다. 대신 적의 '척후'(язык)를 사로 잡으려 보낸 루시의 파수대가 전혀 뜻밖의 소식을 전해 왔으니, 폴로베츠인들이 무장을 하고 전투 준비를 마쳤다는 사실이었다. 파수대는 빨리 위험지역을 빠져 나가든지 뒤로 후퇴할 것을 권했지만, 이고리는 "만약 싸워보지도 않고 돌아간다면 그 모욕은 죽음보다도 더할 것이다"(Оже ны будетъ не бившися возворотитися, то соромъ ны будетъ пущеи смерти)라고 말하며 전투 강행의 의지를 밝혔다. 이고리의 말에 동의한 루시 병사들은 밤을 새워 말로 이동했다. 다음날 점심 무렵 루시인들은 폴로베츠 부대와 조우하게 되었다. 폴로베츠는 여자와 노인, 어린아이 등을 베쥐(вежи)에 태워 후방으로 돌려 보내고, 자신들 남자들은 "어린아이부터 어른까지" 슈우를리(Сюурлий) 강 건너편에 진을 쳤다. 이고리의 부대는 여섯 분대로 구성되어 있었다. 당시의 방식을 따라 이고리 스뱌토슬라비치는 공후들에게 짧은 독려의 말을 했다: "형제들이여, 이것이 우리가 찾던 바이다, 자, 이제 나아가자!"(Братья, сего мы искали. а потягнемъ) 한가운데에는 이고리의 부대가 섰고, 오른편에는 성난 황소 브세볼로드와 그 부하들이, 왼편에는 이고리의 사촌인 스뱌토슬라브 르일스키가 자리했으며, 정면에는 이고리의 아들 블라디미르와 체르니고프 코부이 부대가 섰다. 모든 부대에서 가장 활을 잘 쏘는 궁사들이 대열의 앞에 섰다. 폴로베츠 또한 궁수를 앞으로 내세웠다. 한두 발의 화살을 쏘는 척하더니 폴로베츠 궁수들은 도망을 하기 시작했고 강가에서 멀리 떨어져 있던 폴로베츠의 다른 부대도 역시 도망을 갔다. 체르니고프 코부이와 이고리의 아들 블라디미르의 선발대가 폴로베츠인들의 뒤를 쫓기 시작했다. 이고리와 브세볼로드는 부대의 전투 대형을 유지하며 천천히 움직였다. 루시인들은 폴로베츠인들의 베쥐를 획득하고 포로들도 나포했다. 부대의 일부는 도망가는 폴로베츠의 뒤를 쫓아가 포로로 잡은 폴로베츠인들을 데리고 밤에 다시 본대로 되돌아왔다.

이파티 연대기가 전하는 바에 의하면, 첫 승리를 거둔 바로 다음날 새벽이 오자마자 폴로베츠의 부대는 마치 "거대한 숲"(акъ боровѣ)처럼 루시 인들을 향해 기습 공

15

격을 해왔다. 많지 않은 루시 군대는 자신들에 맞서 전 폴로베츠 땅이 모여든 것을 깨달았다. 그러나 이런 상황에도 여전히 이고리는 군대를 돌리지 않았다. 전투를 앞둔 이고리의 말은 블라디미르 모노마흐가 농민-병사로 징집되어 온 이들에게 하는 말을 떠올리게 한다: "만약 여기서 도망하거나 우리만 사라지고, 농민들을 내버려 둔다면, 우리는 벌을 받을 것이다. 앞으로 여기 이곳에서 같이 죽거나 살거나이다"(оже побѣгенемь - утечемь сами, а черныя люди оставимъ, то от Бога ны будетъ грѣх. Поидем! Но или умремь, или живемь будемь на единомъ мѣстѣ). 서로서로 잃어버리지 않고 함께 돈 강으로 뚫고 나가기 위해서 이고리는 말을 타고 서로 다함께 싸우라고 명령했다.

3일 밤낮 동안 이고리는 도네츠 강 쪽으로 부대와 함께 천천히 겨우 폴로베츠를 뚫고 나아갈 수 있었다. 전투에서 이고리는 오른팔을 다치기도 했다. 폴로베츠인들의 계략으로 물이 하나도 없는 곳으로 밀려난 이고리의 부대는 극심한 갈증으로 괴로워했다. 제일 먼저 말들이 갈증으로 지쳐 탈진하며 쓰러져 나갔다. 루시인들의 부대에서는 수많은 병사들이 죽거나 다쳤다. 저녁이 될 때까지 굳게 버티며 싸웠고, 그 다음날도 역시 격전을 치렀다. 일요일 새벽에 체르니고프의 코부이들이 겁에 질려 떨기만 할 뿐 전투를 포기했다. 이고리는 그들에게 말을 달려, 투구도 벗어 자기가 누구인지 보여주었다. 그렇게까지 하며 이고리는 사기를 잃은 병사들을 진정시키려 했었지만 아무 소용이 없었다. 본대로 돌아오는 길에 거의 부대에 다다랐을 때[08] 상처로 움직일 수 없어 잠시 지체할 때 폴로베츠에게 포로로 붙잡혔다.[09] 그들에게 붙잡히고 나서 이고리는 얼마나 맹렬하게 동생 브세볼로드가 부대를 이끌고 전투를 벌이고 있는지를 보게 되었다. 연대기에 의하면, 이고리는 동생의 죽음을 보지 않도록 자기를 먼저 죽여달라고 폴로베츠인들에게 부탁했다. 부상당한 이고리는 예전 루시 공후들에게 맞서 함께 싸웠던 콘차크가 맡았다. 루시 부대 중 모두해서 겨우 15명이 살아 남았고, 코부이 생존자는 더 적었다. 나머지는 모두 죽었다.

그때, 키예프 대공 스뱌토슬라브 브세볼로도비치는 여름 동안 돈 강의 폴로베츠인들을 토벌하기 위해 준비를 시작했다. 자신의 공령에서 군사를 모으고, 군사를 더 모으기 위해 (데스나 강) 상류쪽으로까지 올라갔다. 키예프로 돌아오는 길에 노브고로드-세베르스크 근처에서 스뱌토슬라브는 자신의 사촌 동생들인 이고리와 브세볼로드가 자신에게 알리지 않고 몰래 폴로베츠인들을 공격하러 떠났다는 것을 그제서야 알게 되었다. 이 소식을 듣고 키예프 대공 스뱌토슬라브는 깊은 한숨을 내쉬고 눈물을 흘리며 다음처럼 말했다. "오, 나의 소중한 형제들, 아들들이여, 그리고 루시 땅의 용사들이여! 신이 내게 이교도를 무찌르는 승리를 선사했지만, 그대들은, 티끌같을 수도 있는 젊음의 열정을 억누르지 못하고 루시 땅으로 들어오는 성문을 열어 버렸구나. 신의 뜻이 함께 하기를! 이고리에 대해 나는 섭섭한 마음이었으나, 지금은 나의 형제를 안타까와 하는 마음 뿐이다."

키예프 대공 스뱌토슬라브의 이 말에 이고리의 패배가 가져온 결과가 분명히 밝혀진다. 스뱌토슬라브는 한해 전인 1184년 이교도인 폴로베츠인들에 대한 원정을 떠나 그들을 무찔렀다. 한편, '젊음을 참지 못한' 이고리는 폴로베츠인들에게 루시 땅으로 '들어오는 문을 열어준' 셈이 되었다. 슬픔과 비애가 루시 땅 전체에 흘러 퍼져나갔다고 연대기는 말하고 있다.

이고리와 브세볼로드, 블라디미르가 포로가 되며 체르니고프와 노브고로스-세베르스크 공령은 공후가 거의 다 사라지다시피 되었다. 이 틈을 타 폴로베츠인들은 키예프 루시의 동남부 접경 지대를 마음껏 유린하였고, 이때 루시인들이 입은 피해는 엄청났다.

한편, 포로로는 잡혀 있지만 공후의 신분으로 상대적으로 자유로왔던 이고리는 개종한 폴로베츠로 추정되는 라브르(Лавр)라는 인물의 도움으로 결국 2년 동안이나 계속된 포로 생활에서 탈출하게 된다. 폴로베츠인들의 추격을 피해 11일 동안 도네츠 강을 따라 이고리는 많은 어려움을 이겨내고 결국 루시 땅으로 되돌아 온다. 체르니고프와 키예프를 차례로 방문한 이고리는 모든 곳에서 환영을 받고 이후 노브고로드-세베르스크, 그리고는 체르니고프의 공후로 지내게 된다.

## 4. 『이고리 원정기』 창작 시기[10]

　『이고리 원정기』는 이고리 원정이라는 사건 이후 곧바로 창작되었다. 『원정기』는 이들 사건의 기억이 아직 생생할 때 쓰여졌다. 이 작품은 아득한 과거에 대한 역사적 이야기가 아니라, 아직 무뎌지지 않은 슬픔이 가득차 있는 당대 사건에 대한 반향이다. 『원정기』 작가는 작품에 등장하는 일련의 사건을 잘 알고 있는 당대인들에게 호소하고 있는 형식이다. 따라서 『원정기』는 모든 당대 독자의 기억에 아직 생생하게 남아있는 사실들에 대한 암시하고 상기시키고 언급하는 그런 모든 것들이 함께 용융되어 짜여져 있다.

　『이고리 원정기』에는 작품에 묘사되는 사건이 일어난 직후 쓰여졌다는 점이 명확하게 언급되고 있다. 1196년 성난 황소 브세볼로드가 사망하며, 1198년에는 이고리 스뱌토슬라비치가 체르니고프의 공후가 된다. 하지만 이고리는 체르니고프의 공후가 되기 전 몇차례나 폴로베츠인들을 공격하지만, 이런 모든 사실들이 『이고리 원정기』 작품에는 더이상 언급되지 않는다. 그리고 1187년 이후에 일어난 또 다른 사건들 역시 『원정기』 작품에는 언급되지 않는다. 특히, 『원정기』의 저자는 1187년에 죽은 갈리치 공령의 공후 '여덟생각' 야로슬라브를 살아있는 공후 중의 한 명으로 작품에서 언급한다. 키예프 대공 스뱌로슬라브의 금언에서 야로슬라브는 "루시 땅을 위해 이고리의 아픔과 용감한 스뱌토슬라브의 아들을 위해" 콘차크에게 화살을 쏴 달라는 부탁을 받는다. 이런 점들을 종합해 볼 때, 『원정기』는 1187년보다 늦은 시점에는 쓰여질 수가 없었을 것이다. 한편, 1187년보다 이른 시점에도 역시 쓰여질 수는 없었는데, 작품 말미에 등장하는 공후들에 대한 찬가에서 이고리의 아들 블라디미르에게도 찬가가 바쳐진다. 그런데, 이 블라디미르는 폴로베츠인들의 진영에서 포로로 잡혀있다 1187년에야 루시 땅으로 되돌아올 수 있었다. 따라서, 『이고리 원정기』는 1187년에 쓰여졌다고 할 수 있을 것이다.

## 5. 『이고리 원정기』에서의 루시 땅의 형상

　단합에 대한 자신의 호소, 조국의 단결에 대한 자신의 감정을 『이고리 원정기』의 작가는 살아있는 듯 생생한 구체적인 이미지로 '루시 땅'에 불어 넣는다. 『이고리 원정기』는 루시 땅 전체에 바쳐진 작품이다. 『원정기』의 주인공은 어느 한 명의 구체적인 공후가 아니라 루시 민중 그리고 루시 땅이다. 루시 땅에게 작가의 최고의 감정이 헌사되는 것이다. 작품의 중심 테마인 루시 땅의 형상은 작가에 의해 넓고 자유롭게 스케치되고 있다.

　『이고리 원정기』의 작가는 루시 땅의 넓은 공간감을 그려내며 조국을 하나의 거대한 단일체로 느끼고 있다.

　과연 세계 문학에 이처럼 넓은 지리적 공간에서 동시에 벌어지는 사건이 포착, 인입(引入)되는 작품이 또 있을까 싶을 정도이다. 폴로베츠의 스텝("미지의 나라"), "푸른 바다", 돈, 볼가, 드네프르, 도네츠, 두나이, 서 드비나, 로시, 술라, 스투그나, 네미가 강, 도시 중에서는 코르순, 트무타라칸, 키예프, 폴로츠크, 체르니고프, 쿠르스크, 페레야슬라블, 벨고로드, 노브고로드, 갈리치, 푸티블(Путивль), 리모프(Римов)를 비롯한 다른 많은 곳 등 이 모든 루시 땅이 작가의 시야에 놓여 있으며 그의 이야기로 빨려 들어오고 있다.[1] 루시 땅의 광활함은 여러 다른 지역에서의 행위가 동시에 일어날 수 있다는 점에서 강조된다. "처녀들은 두나이 강에서 노래하고, 그 목소리는 바다를 건너 키예프까지 울려 퍼지"고, 이고리의 부대가 돈 강 쪽으로 움직임과 동시에 폴로베츠 인들은 "길이 아닌 길을 따라" 기름도 바르지 않은 삐그덕 소리가 요란한 수레를 끌고 움직인다.

　작품 『이고리 원정기』의 행위가 펼쳐지는 루시의 광활한 공간은 작품에 등장하는 인물들의 명백한 과장이다 싶을 정도로 재빠른 이동을 또한 하나로 묶어 준다. 브세슬라브는 키예프 시 바깥에서 창으로 키예프의 황금 옥좌를 건드리고, 키예프에서 야수처럼 뛰쳐 나와 한밤중에 벨고로드에서 푸른 안개 속에 자취를 감추고, 아침 무렵에는 노브고로드의 성문을 열고 들어가 야로슬라브의 명예를 짓밟는다, ... 게다가 브세슬라브 공후는 재판을 요청한 사람들에게 판결을 내리고 공후들에게는 도시를 나눠주고 자신은 한밤중에 늑대처럼 여기저기 뛰어다니니, 키예프에서 트무타라칸까지 새벽 닭 울음 이전에 도착하고, 늑대처럼 위대한 호르스(태양신)를 가로막아 앞질러 (즉, 아침 해가 뜨기 전에 - 역자) 다시 키예프로 되돌아온다.[12] 스뱌토슬라브는 마치 회오리바람처럼 이교도 코뱌크를 강철같은 폴로베츠 부대의 적진에서 빼내오고, 코뱌크는 키예프의 스뱌토슬라브 일가의 감옥에서 최후를 맞는다.

　루시의 광활한 공간에서 『원정기』 주인공들의 전능함은 허용되는 과장을 능가하는 수준이다. 루시에 그리스도교를 받아들인 블라디미르 대공을 키예프 언덕에 못 박는다는 것은 상상할 수도 없는 일이며, 갈리츠키 공후 야로슬라블이 우고르 산(헝가리 산 즉, 카르파티아 산맥 - 역자)을 자신의 강철 군대로 떠받들고 있다는 것 또한 심히 상상 이상이며, 두나이 강의 성문을 닫아 걸어 헝가리 왕의 길을 막는다는 것 역시 마찬가지이다.

　이런 엄청난 면모는 『이고리 원정기』에서 언제나 매우 구체적이며 마치 살아 움직이는 듯한 모습을 보여주는 풍경 묘사에서도 드러난다. 폴로베츠인들과의 전투에 앞서 핏빛 새벽놀은 빛을 비추라 명령하고, 시커먼 먹구름은 바다에서 밀려온다. 거대한 벼락이 내려칠 것이고, 위대한 돈 강에서는 화살이 비처럼 쏟아질 것이다. ... 땅이 신음소리를 내고 강은 뿌옇게 흐르고 밭에는 뼈가 뿌려진다. 이고리 군대의 패배 뒤 커다란 슬픔은 온 루시 땅에 흐른다.

　바람, 태양, 뇌우를 잔뜩 머금은 시커먼 먹구름, 그 먹구름 속에는 푸른 벼락이 으르렁거리고, 아침의 안개, 당장에라도 폭우를 뿌릴 것 같은 구름, 밤의 꾀꼬리의 울음 그리고 아침 일찍 그리 반갑지 않은 갈가마귀의 울음소리, 저녁놀과 아침 햇살, 바다, 협곡, 강 등 이 모든 것은 거대하고 매우 특별한 넓디넓은 전경(前景)으로 『원정기』 작품에서의 행위가 전개되는 배경으로 작용하며, 끝 간 데 없는 루시 땅의 광활한 느낌도 함께 전해준다.[13]

조국 산천의 광막한 공간감은 야로슬라브나의 애가에서도 역시 느껴진다. 야로슬라브나는 구름 아래를 날고 푸른 바다의 범선을 어루만지는 바람에 호소하며, 돌로 된 산을 뚫고 폴로베츠인들의 땅을 흐르며 코뱌크 무리보다 이고리 군대의 배를 저 멀리 바다로 실어내 가 버린 드네프르 강에게 호소하고, 모든 이들에게 따뜻하고 아름답지만 초원의 물 한 모금 마실 수 없었던 벌판에서 작렬하는 햇살을 내려쬐어 루시 병사들을 지치게 하고, 갈증으로 활은 늘어지고 슬픔으로 화살통을 메워 닫아 버리게 한 태양에게도 남편을 되돌려 달라고 호소한다.

루시 민중의 기쁨과 슬픔에 온 자연 또한 함께 한다.『원정기』의 작가에게 루시 땅 또는 조국의 개념은 그 역사와의 결합, 즉 촌락, 도시, 강 그리고 루시인들에게 공감하는 모든 살아있는 자연과의 결합이다. 태양은 어둠으로 공후의 길을 가리며 그에게 앞으로 닥쳐올 위험에 대해 경고한다. 도네츠 강은 포로에서 탈출해 도망가고 있는 이고리에게 자신의 은빛 강변에[14] 초록색 시트를 펼쳐주고, 따뜻한 안개로 덮어 감싸주며 야생 오리 등으로 보초도 세워준다.

작가가 루시 땅을 더욱 넓게 포착하면 할수록, 그 형상은 더욱 구체적이고 더욱 생동감있는 모습으로 변모하며, 그러한 형상 속에서 이고리와 이야기도 나누는 도네츠 강은 짐승과 새들에게 인간에게 공감하는 모습을 부여한다.

공간의 광활함과 조국의 자연에 대한 감정과 느낌은『이고리 원정기』에 항상 녹아 들어 있으며 매사냥의 모습과 거위, 오리, 갈가마귀, 까마귀, 꾀꼬리, 뻐꾸기, 백조 등 수많은 새들의 형상으로 더욱 강화된다. 특히, 이 새들은 돈 강에서 벌판을 가로질러 푸른 바다로 아주 멀리까지 날아가는데, 그런 새들의 비행은 더욱 공간감을 확장시킨다.

전 루시 땅을 이처럼 이념적 시선으로 포획하며, 동시에 작가는 그곳에서 일어나는 모든 것을 말 그대로 보면서 또 듣는다.『이고리 원정기』의 작가는 원정의 세세한 일까지 언급하고 방어와 공격, 무기의 숨은 디테일에 대해서까지 이야기하며 새와 짐승들의 행동까지 언급한다.

수많은 도시, 강, 사람들이 살아가는 조국의 모습을 작가는 마치 텅 빈 황야와도 같은 폴로베츠인들의 스텝 지역("미지의 나라")과 협곡, 언덕, 늪과 "부정한" 장소 등에 대비시킨다.

『이고리 원정기』작가에게 루시 땅은 단어 자체의 의미에서의 '땅'만은 아니다. 루시의 자연, 루시인들의 도시 뿐만이 아니라, 무엇보다도 그곳에 살아가는 사람들이다. 작가는 공후들 내분으로 파괴된 루시 "농부들"(ратаев)의 평화로운 노동에 대해 말하고 있다. 작가는 루시 땅을 위한 싸움에서 목숨을 잃은 남편에 슬픔의 눈물을 흘리는 루시 전사들의 부인에 대해 말한다. 작가는 이고리의 패배 이후 전 루시의 도시들이 슬퍼함을 이야기하고, 루시 민중의 유산들이 사라지는 아픔, 그리고 이고리 공이 생환에 기뻐하는 도시와 농촌 주민들에 대해 이야기한다.

노브고로드-세베르스크의 공후 이고리의 군대는 "루시치"(русичи), 루시인의 아들들이다. 그들은 조국을 위해 폴로베츠인들에 맞서려 원정을 떠났다. 이고리와 병사들은 루시의 경계를 건너 조국 루시 땅과 작별하며 진격했다. 그들은 자신들의 도시 쿠르스크, 노브고로드-세베르스크 공령, 또는 푸티블 등과 작별한 것이 아니다. "오, 루시 땅이여, 너는 이미 언덕 너머에!"(О Руская землѣ! Уже за шеломянемъ еси!)의 구절에 다름아닌 '루시 땅'이라 언급되지 않는가?

이와 함께『이고리 원정기』의 작가에게 조국의 개념은 조국의 역사를 또한 함께 포함한다.『원정기』의 시작 부분에서 작가는 "그 옛날의 블라디미르(블라디미르 스뱌토슬라비치, 블라디미르 대공)로부터 오늘의 이고리까지의" 자신의 이야기를 풀어 놓겠다라고 말하고 있다. 성공하지 못한 이고리의 폴로베츠인들에 대한 원정에 대해 말하며, 작가는 150년이 넘는 루시인들의 삶에서 벌어진 사건들을 껴안고 있다. "두 시대의 영광을 하나로 묶"겠다는 자신의 말처럼, 그는 끊임없이 당대의 현재성에서 역사를 호출하고, 지나간 과거를 현재와 비교하며 이고리 공의 원정 만을 이야기하며 그를 일방적으로 칭송하거나 비난하는 것이 아니라, 이고리 공의 원정'에 대한' 이야기(Слово о полку Игореве)를 하며 루시 땅과 역사에 대해 논하고 있는 것이다. 작가는 트로얀의 시대를 떠올리고, 야로슬라브의 시절, 올레그의 원정, "그 옛날의 블라디미르 (스뱌토슬라비치)의" 시간들을 떠올리는 것이다.

『이고리 원정기』의 작가는 루시 땅의 놀랍도록 생생한 모습을 그려내고 있다. 『원정기』를 창작하며 그는 루시 땅 전체를 그윽한 시선으로 둘러보며 『원정기』라는 자신의 묘사에 루시의 자연, 루시의 사람들, 그리고 루시의 역사(즉, 이야기)를 모두 함께 결합시켜 내고 있는 것이다. 고통받는 조국의 형상은 『원정기』의 예술적, 이념적 측면에서 중요하다. 조국의 그런 형상은 독자(청자)들의 공감을 유도하고, 적들에 대한 증오를 불러 일으키며, 조국을 지키자고 루시인들에게 호소하고 있다. 루시 땅의 형상은 외적에 맞서 조국을 지켜내자라는 호소로서 『원정기』의 가장 본질적인 부분이다.

'이고리 공의 원정에 대한 이야기'라는 이 작품은 놀랄 정도로 내적으로 통일된 하나의 작품이다. 『원정기』의 예술적 형태는 이념적 구상에 아주 정확하게 부합한다. 『원정기』의 모든 형상은 작품의 가장 중요한 주제인 루시의 단결이라는 이념을 드러내는 데 기여하고 있다.

## 6. 『이고리 원정기』의 루시 공후들의 형상

『이고리 원정기』작가의 루시 공후들에 대한 태도는 이중적이다. 작가는 공후들을 루시의 대표자로 보며 그들에게 공감하고 공후들의 성공에 자랑스러워하며 그들의 실패에 슬픔을 숨기지 않지만, 공후들의 이기적이고 편협한 지역주의적 정치를 비판하며 공후들의 불화, 루시 땅을 함께 지키려 하지 않는 소극적 태도를 비난한다.

노브고로드-세베르스크 공후 이고리 스뱌토슬라비치의 원정을 예로 삼아, 작가는 단합이 없으면 어떤 결과가 초래되는지 보여주고 있다. 이고리가 패배하는 이유는 단 하나, 혼자 원정을 떠났기 때문이다. 키예프 대공 스뱌토슬라브가 이고리에게 한 말은 일정 정도 『원정기』 작가의 이고리에 대한 태도를 대변해 주고 있다. 그는 이고리와 브세볼로드가 명예를 좇아 자신과의 상의없이 독단적으로 원정을 떠난 것을 비난하고 있다. 키예프 대공은 폴로베츠인들에 대한 승리의 영광을 낚아채 자신들끼리만 나누려 했음을 비난하고 있다.

이런 테두리 내에 이고리 공의 원정에 대한 이야기 전체가 놓여 있다: 용감하지만 근시안적인 이고리는 처음부터 실패할 것이 너무나 분명해 보이는 원정을 감행한다. 그는 일식이라는 상서롭지 못한 '전조'도 알아차리지 못하고 원정을 계속한다. 이고리는 조국과 루시를 사랑하지만, 그의 이번 원정은 개인적 영광에 대한 열망이 가장 본질적인 이유였다. 이고리는 이렇게 말한다:. "형제와 무장들이여! 차라리 죽는 것이 나을 것이다. 포로가 되는 것보다. 말에 오르자, 형제들이여, 우리들의 준마가 기다린다, 그리고 바라보자, 저 푸른 돈 강을." 그리고 또한 "나는 창을 부러뜨릴 것이다, 폴로베츠의 벌판에 들어서는 바로 그 순간에. 루시의 아들들이여, 너희들과 함께 내 목이 잘리지 않으면, 투구로 돈 강 물을 마실 것이다." 개인의 영광을 좇는 그의 탐욕이 "이성을 흐리게 했다."

그러나 작가는 이고리 스뱌토슬라비치의 행동은 그의 개인적인 성향보다 더 중요한 부분으로서, 그의 환경에서 비롯한 것이라고 강조한다. 아마 이고리 공의 개인적인 자질만 놓고 본다면 그는 나쁜 공후라기 보다는 좋은 공후일 수도 있다. 하지만, 그의 행동은 좋지 못했다. 왜냐하면, 이고리의 행동은 봉건 사회의 지배를 받기 때문이고, 지배 계층의 이데올로기에 의해 평가되기 때문이다. 그렇기 때문에 이고리의 형상에서 일차적으로 개별적인 형상이 아닌 보편적인 공후의 모습으로서 공통의 형상이 먼저 제시되었다. 이고리 스뱌토슬라비치는 당시 '평균적인' 공후였다. 용감하고 사내다우며, 어느정도는 조국을 사랑하나, 이성적이지는 못하며 멀리 앞을 내다보는 통찰력 또한 갖추지는 못했으니, 조국의 명예보다는 자기 자신 개인의 명예를 더 걱정했던, 그런 '평균적'인 공후의 보편적인 모습이 이고리의 형상에서 먼저 제시되는 것이다.

그러나, 작가는 올고비치 공후 가문의 시조격이자 이고리의 할아버지인 올레그 고리슬라비치, 야로슬라브의 손자이자 블라디미르 모노마흐에 항상 맞섰던 올레그 고리슬라비치에 대해서는 이고리보다 훨씬 강하게 비판한다. 올레그 고리슬라비치는 11세기 후반과 12세기 초에 살았으며 1115년에 죽었는데, 이 올레그의 시대를 회상하며 『원정기』 작가는, 올레그가 칼로 계략을 꾸미고 온 루시 땅에 화살을 퍼부어선 그의 시대에 루시 땅엔 형제간 동족상잔의 내분의 씨앗이 뿌려지고 자라났다고 말한다. 『원정기』의 작가는 올레그의 계략이 가져온 파국적인 결과가 무엇보다 농민과 민중에게 컸다고 지적한다: "이제 루시 땅에는 농부들의 밭 가는 소리는 들리지 않고, 커다란 갈가마귀들만이 (루시 농부-병사들의) 시체를 두고 종종 다툼을 벌이며 까악거렸으니, 조그만 까마귀들도 혹 제 몫이 있을까 곁에서 울어댔다." 작가는 올레그에게 "고리슬라비치"(Гориславич)라는 아이러니한 부칭을 안겨 주는데, 이는 올레그 한 명의 슬픔이 아니라 그의 내분이 불러온 민중 전체의 슬픔을 뜻하는 것이다.

공후간 내분의 시발자로 폴로츠크 공령의 시조격인 브세슬라브 폴로츠키 또한 묘사되고 있다. 브세슬라브에 대한 모든 이야기는 그의 불행한 운명에 대한 여러 생각이다. 브세슬라브는 『원정기』에서 맹공을 받지만, 아주 조금이긴 해도 약간은 동정의 여지를 얻고는 있다. 이 회개하지 않은 저주받은 공후는 독에 취한 맹수처럼 허우적거리며 몸부림치지만, 간교하고 '무시무시한' 불운에 떠는 인물이다. 『원정기』 작품은 우리에게 루시의 봉건 분할기, 유례를 찾아볼 수 없을 정도의 강렬하고 개성적인 선명한 공후의 형상을 제시한다.

『이고리 원정기』의 다른 루시 공후들은 부정적인 면보다 긍정적인 면이 대체로 언급되고 있다. 작가는 루시 공후들의 업적을 강조하며 그들의 강력함과 영광을 그려내고 있다. 루시 공후들의 형상에는 루시의 강한 권력, 그리고 루시 공후의 강력한 군사력에 대한 작가의 염원이 투사되어 있기도 하다. 키예프 대공이자 루시의 개종자 블라디미르 스뱌토슬라비치는 사방의 적들을 물리치기 위해 원정을 너무나 자주 나간 나머지, 키예프 시민들이 "키예프 언덕의 성채에 대공을 못 박아서라도" 그가 자리를 지키도록 하고 싶었다. 수즈달 공후 브세볼로드는 군사들의 노로 볼가강 물을 다 튀겨내고 돈 강은 투구로 다 퍼마셔 버릴 수도 있을 정도로 강력했지만, 『원정기』 작가는 이 공후가 지금 남쪽 땅 키예프에 없음을 슬퍼하고 있었다. '여덟생각' 야로슬라브는 헝가리의 산(카르파티아 산맥 - 역자)을 쇠로 된 부대로 떠받들고 있으며 헝가리 왕의 길을 가로막고 키예프의 성문을 열어 루시 땅 너머 투르크의 술탄이 사는 곳으로 화살을 쏴 날려 보내고 있었다.

과장의 개념은 『이고리 원정기』에서 꽤 제한적으로 받아들여졌던 것 같다. 『원정기』에서 과장은 기사의 공훈이 공후의 것이 되는 정도였다. 예를 들어, '성난 황소' 브세볼로드는 적들에게 화살을 퍼붓고, 다마스커스에서 만들어진 강철 검(劍, меч)으로 적들의 투구를 내려쳐 박살내고, 무수히 두드려 강하게 하고 날을 잔뜩 세운 강철 도(刀, сабля)에 아바르의 투구는 '깨져' 나갔다. 물론, 화살, 검, 도(刀)[15] 이 모든 것이 브세볼로드 개인의 무기와 무훈이 아니다. 이런 곳에서 『원정기』 작가는 브세볼로드가 자신의 무장 및 군사들이 활로 적을 공격하도록 하고, 무장들이 또한 검과 도(刀)로 싸우도록 한 것을 말하고 있을 뿐이다. 기사의 활약을 공후에게 전이시키는 것은 다른 경우에서도 얼마든 찾을 수 있다. 키예프 대공 스뱌토슬라브는 "자신의 강력한 군대와 강철 검으로" 폴로베츠인들의 간교한 계략을 짓밟아버렸으며, 수즈달 공후 브세볼로드는 "돈 강의 물을 투구로 퍼 마셔 버릴 수 있"지만 그 혼자 가능한 것은 물론 결코 아니며, 많은 자신의 병사들이 그렇게 해버릴 수도 있다는 정도이다.

완전히 다른 특별한 그룹은 『이고리 원정기』의 여성의 형상이다. 작품에 등장하는 여성들 모두는 평화와 가족, 가정에 대한 생각과 염려로 가득차 있고, 부드럽고 온화하며 뚜렷한 민중적 기원의 모습이 보여지고 있다. 여성 인물에는 슬픔과 용사들에 대한 조국의 염려 등이 체현되어 있다. 작가의 이념적 구상에 이런 여성의 형상은 아주 중요한 자리를 차지하고 있다.

루시 용사들의 부인은 이고리 부대의 패배 이후 죽어간 지아비를 슬퍼한다. 그들의 애가는 슬프지만 부드럽고 가없는 비탄의 심정으로 가득차 있으면서 심오한 민중적 성격을 띤다: "이제 우리 다정한 지아비를 생각으로 그릴 수 없고, 마음으로 기릴 수 없고, 눈으로 바라볼 수 없구나." 여기 또한 민중 노래 성격은 이고리의 젊은 아내 야로슬라브나의 애가도 보여준다. 눈에 띄는 현상으로, 야로슬라브나는 포로로 잡힌 남편에 대해서만이 아니라, 희생당한 모든 루시 용사들을 애도한다: "오, 바람이여, 바람이시여! 왜, 정녕, 그대는 맞바람을 불게 하셨나이까? 왜 히노바의 화살을 당신의 가벼운 날개에 얹어 우리 군사들에게 날려 보내셨나이까?"

루시 여인의 모습으로 형상화된 평화에 전쟁을 대조시키는 것은 성난 황소 브세볼로드에 대한 서정적 호소에서 특히 더욱 선명하다. 전쟁이 한창일 때 브세볼로드는 입은 상처도 잊고 명예와 목숨, 그리고 다정한 부인인 사랑하는 "아름다운 글레보브나의 부드럽고 달콤한 손길"도 잊고 싸우고 있는 것이다. 흥미로운 점은 여지껏 그 어느 현대 러시아어로의 번역도 "свычая и обычая"라는 구절을 제대로 잘 번역해 내고 있지 못하다는 사실이다.

요컨대, 루시 공후들의 형상과 『이고리 원정기』의 여인의 형상은 원래의 의미 그 자체로 제시된 것은 아니다. 그 형상은 작가의 이념에 기여하며 단합을 호소하는 목적에 기여하고 있다. 우리 앞의 이 『원정기』 텍스트는 매우 목적지향적인 작품이다. 『원정기』 작가의 손으로 조국에 대한 뜨거운 사랑이 가득한 열정적인 생각, 정치적 이념으로 인도되고 있는 것이다.

## 7. 보얀의 형상

『이고리 원정기』에서 눈에 띄는 하나의 요소는 가인(歌人)이자 시인으로서 보얀의 형상이다. 『원정기』 작가의 보얀에 대한 태도는 복합적이다. 작가는 보얀에 대한 회상으로 자신의 이야기를 시작하며 그를 과거의 위대한 시인으로 그려내나, 한편으로 『원정기』 작가는 과거의 시작법을 따르는 것만으로는 충분하지 않다고 생각한다.

보얀은 신묘한 예언자이며, 이교의 신 벨레스의 자손이며 또한 "왕년의 꾀꼬리"이다. 보얀은 자기가 직접 송가를 짓고, 손으로 뜯는 구슬리라는 현악기의 반주에 맞춰 송가를 직접 불렀다. 보얀은 올레그 스뱌토슬라비치 (고리슬라비치)의 총애를 받던 인물로, 그의 노래는 공후를 기리는 송가였다. 보얀은 그 옛날의 "'현명한' 야로슬라브"에게 노래불렀으며, 트무타라칸의 공후로 용맹한 므스티슬라브와 로만 스뱌토슬라비치에게 송가를 지어 불렀었다. 보얀의 현은 공후들에게 송가를 읊조린 것이었다. 높이 나는 듯한 고아한 스타일로 보얀은 마치 구름 아래를 날며, 상상의 나무를 꾀꼬리처럼 뛰어 날며, 벌판을 지나 산으로 향하는 트로얀의 오솔길을 따라 내달렸다.

『이고리 원정기』의 저자는 자신의 작품을 보얀의 작품에 대비시킨다. "노래를 시작해보자, 보얀의 구상이 아닌, 오늘날의 사실대로." 보얀의 송가와 위대함을 최대한 존중하며 『원정기』 작가는 보얀의 "옛 말"이 자신은 견딜 수가 없다고 분명히 선을 긋는다.

『원정기』 작가의 보얀에 대한 태도 중 마지막 측면은, 비록 완성하지는 못했지만, 푸쉬킨이 『원정기』 번역을 준비하며 남겨 놓은 메모에 규정해 놓았다. "시인은 모방이라는 비난을 정말 싫어하는데 『이고리 원정기』의 이름모를 창조자는 자신의 서사시의 제일 첫 부분에 잊지 않고 언급해 두고 있다. 『원정기』 작가는 옛날 보얀의 흔적을 조심스레 따르는 것이 아닌, 자신만의 새로운 방식으로 노래 부를 것임을 선언하고 있다."

『이고리 원정기』의 이념 구상이란 점에 있어서도 보얀의 형상은 매우 중요한 의미를 품고 있다. 보얀의 형상은 작가에게 필요하니, 『원정기』 작가는 자신의 작품에서 "이 시대의"(сего времени) 실제 사건의 뒤를 좇을 것임을 강조하고 있다. 그리고 또한 보얀의 형상은 『원정기』 작가에게 요청되니, 사실에 부합하는 핍진성 높은 텍스트로서 『원정기』는 공후의 업적에 대한 과장된 송가는 짓지 않는다는 것을 보여주기 위해서라도 필요했다. 『원정기』 작가는 루시 공후들에게 부정적인 입장을 견지하는 것은 아니었다. 보얀에게도 마찬가지로 부정적인 태도로 대한 것은 아니었다. 그러나, 『원정기』 작가의 작품은 공후에 대한 "송가"(слава)도 "찬가(похвала)"도 아니지만, 보얀 시가의 (일방적인) 찬양적 전통은 따르지 않고 있음을 분명히 보여주고 있다.

## 8. 『이고리 원정기』와 루시 민중 시가

　『이고리 원정기』 작가가 사용하고 있는 여러 예술적 양식을 살펴볼 때, 기본적으로 저자는 민중 구전 시가와 러시아 구어에서 많은 부분을 가져오고 있음을 알 수 있다. 그리고 이는 결코 우연적인 일이 아니다. 민중 시가와의 관련은 예술적 취향의 문제일 뿐 아니라 세계관과 정치적 시각과도 관련이 있다. 『원정기』의 작가가 민중 시가의 형식으로 창작하는 것은 그가 민중에 가깝기 때문이다.

　『이고리 원정기』의 민중 이미지는 작품의 민중 이념과 역시 깊은 연관성이 있다. 『원정기』에서 예술적 측면과 이념적 측면은 서로서로 불가분의 관계이다. 예를 들어, 『원정기』에서 전투는 추수와 비교된다: 올레그 고리슬라비치 시대 루시 땅은 "내분의 씨앗이 뿌려지고 자라났"고, 이고리와 폴로베츠의 전투에서는 "말발굽 아래 검은 땅은 뼈가 뿌려지고 피로 적셔지"며, 브세슬라브는 네미가 강에서 "네미가 강에는 머리가 다발로 흩깔리고, 강철 도리깨로 탈곡되어, 타곡장으로 옮겨져, 영혼은 육체에서 까불러졌다. 피로 물든 네미가 강변은 씨를 뿌리기엔 좋지 않았으니 ― 루시 아들들의 뼈가 뿌려졌다"고 언급된다. 이들 비교는 민중 구전 시가에서 아주 종종 볼 수 있다. 게다가 이후인 18~19세기 러시아, 우크라이나, 벨라루시 민중 노래에서도 찾아볼 수 있다. 옛 병사들의 노래나 카자크인들의 노래에서도 우리는 아래와 같은 구절과 맞닥뜨려진다.

　　　씨를 새로 밭에 뿌렸다네, Посеяна новая пашня
　　　병사들의 머리로. Солдатскими головами.
　　　물을 새로 밭에 부었다네, Поливано новая пашня
　　　병사들의 뜨거운 피로. Горячей солдатской кровью,

　또는

보습이나 쟁기로 밭을 가는 것이 아니네,
밭은 가는 것은 말들의 발굽이네,
벌판에 뿌린 것은 싹이 난 종자가 아니네,
뿌린 것은 카자크의 머리였네,
카자크의 검은 곱슬머리가 밭을 뒤덮었네.
Не плугами поле, не сохами пораспахано,
А распахано поле конскими копытами,
Засеяно поле не всхожими семенами,
Засеяно казачьими головами,
Заволочено поле казачьими черными кудрями,

또는

검은 벌판은 소리치고 Черная рілля(пашня) изорана,
총알은 흩뿌려진다 пулями засеяна,
하얀 몸뚱아리가 밭을 뒤덮고 Белым телом зволочена,
온통 피로 뒤덮여있네. И кровью сполощена.[16]

 그렇지만, 놀라운 것은, 『이고리 원정기』와 민중 시가에서의 전투와 농경의 비유가 깊은 이념적 의미를 내포하고 있다는 점이다. 이는 비유라기 보다는 차라리 대조에 더 가깝다. 『원정기』와 민중 시가에서 전쟁은 평화로운 노동, 파괴는 창조, 죽음은 삶에 (중세 루시어로서 삶"жизнь"은 존재 뿐 아니라 부, 농경 노동의 결과를 지칭하기도 하다)[17] 각각 대조된다.
 『이고리 원정기』를 관통하는 평화로운 노동의 모습은 전체적으로는 작품의 평화에 대한 상찬으로 만들어준다. 『원정기』는 폴로베츠인들과의 전투에, 제일 먼저, 평화로운 노동을 지키자고 호소한다.

평화와 전쟁의 대조는 『이고리 원정기』 다른 부분에서도 일관되게 드러난다. 『원정기』의 작가는 연회를 평화로운 노동에 대한 칭송으로 바라본다: "핏빛 포도주가 떨어졌고, 용감한 루시인들은 잔치를 끝냈다, 중신애비들은 진탕 먹였으나, 자신들은 루시 땅을 위해 쓰러졌다." 정말 놀라운 것은, 루시인들에 맞선 적을 중신애비라고 부르며 정확하게 대조시키고 있는 것이다. 이고리 스뱌토슬라비치에게 폴로베츠의 칸 콘차크는 실제로 중신애비가 된다. 콘차크의 딸이 이고리와 아들 블라디미르가 포로로 잡혀 있던 기간(두 부자는 폴로베츠에게 2년을 포로로 잡혀 있었다 - 역자) 중 약혼을 하기 때문이다. 여기서 연회와 전투의 이미지 쌍은 단순히 민중 시가에서 보편적으로 볼 수 있는 모티프를 가져온 것이 아니라 아주 의식적인 선택이다. 평화와 전쟁의 대비라는 이러한 의도에 부합하는 또 다른 것은 『원정기』의 여성 이미지인 야로슬라브나와 아름다운 글레보브나이다.

『원정기』에서는 민중 시가와의 또 다른 긴밀한 연관성이 찾아진다: 부정 은유인 "피로 물든 네미가 강변은 씨를 뿌리기엔 좋지 않았으니, 루시 아들들의 뼈가 뿌려졌다"(Немизѣ кровави брезѣ не бологомъ бяхуть посѣяни, посѣяни костьми рускихъ сыновъ)와 민중 시가의 전형적인 관용어구로 '광활한 벌판', '회색 늑대', '날카로운 칼', '짙푸른 바다', '달궈진 화살', '재빠른 말', '검은 까마귀', '아름다운 처녀' 등이 있다. 『원정기』에는 애가(哀歌); 야로슬라브나의 애가, 루시 부인들의 애가)와 송가(『원정기』는 루시 공후들에 대한 '송가'слава로 끝을 맺고 있다)가 사용되고 있기도 하다.

『이고리 원정기』 작가와 민중 시가와의 관련성이 우연이 아니라고 이미 언급했다. 『원정기』 작가는 어느 특정 공령이나 특정 공후에 얽매이지 않은 독립된 애국적 입장을 보이지만, 마음 속으로는 루시의 민중 계층에 가까운 입장이기도 하다. 그의 작품은 점증하는 외부로부터의 위험에 맞서 루시의 단합을 촉구하며 루시 민중들의 평화롭고 생산적인 노동을 지키자라는 뜨거운 호소이다. 바로 이 점이 『원정기』의 예술적,

시학적 체계가 루시 민중의 삶 자체와 긴밀한 관련을 갖는 이유이다.

## 9. 『이고리 원정기』의 리듬

이미 수백번에 걸쳐 『이고리 원정기』 텍스트를 시적 구성으로 분할하려는 시도가 있었고 『원정기』에서 일정한 시 운율을 찾으려는 노력이 기울여져 왔다. 그러나 이 모든 의도와 시도는 아무런 별다른 성과를 내지 못했다. 『원정기』는 물론 오늘날의 현대적인 시작법으로 쓰여진 작품이 아니기 때문이다. 『원정기』는 리듬감이 있지만, 그 리듬 체계는 매우 특이하며 당대 12세기적이라 해야 할 것이며 오늘날의 시적 운율로는 재구성할 수는 없다.

『원정기』의 리듬은 기본적으로 시구(詩句)의 통사론적 구조와 연결되어 있는데, 이 구조는 또한 텍스트의 내용, 의미와 분리될 수 없는 긴밀한 관계이다.

예를 들어, 짧은 통사-의미론 단위의 긴박한 리듬은 탈출을 앞둔 이고리의 격정적인 심리상태를 더할 나위없이 멋지게 전해준다.

   Игорь спитъ, 이고리는 잠이 들었다,
   Игорь бдитъ, 이고리는 깨어났다,
   Игорь мыслию поля мѣритъ. 이고리는 머릿 속으로 벌판을 잰다.

또는

   Кликну, 큰 소리가 나고
   стукну земля, 땅이 뒤흔들리고
   въшумѣ трава, 풀잎이 요동치고

вежи ся половецкии подвизашася. 폴로베츠의 천막이 들썩였다.

또 다른 리듬은 호흡이 길고 자유로운 민중 애가의 이름으로, 야로슬라브나의 태양, 바람 드네프르에 대한 호소에서 느껴진다.

≪О, Днепре Словутицю!

Ты пробилъ еси каменныя горы

сквозѣ землю Половецкую

Ты лелѣялъ еси на себѣ Святославли насады

до плъку Кобякова.

Възлелѣй, господине, мою ладу къ мнѣ,

а быхъ не слала къ нему слезъ

на море рано≫.

"오, 더없는 영광인 드네프르여!

그대는 폴로베츠의 땅을 지나

바위산을 뚫기도 합니다.

그대는 코뱌크의 군대보다

스뱌토슬라브의 배들을 먼저 저 멀리 물길로 실어 가 버렸다.

우리 낭군님을 내게, 제발, 조심해서 데려다줘,

내가 바다 쪽으로 낭군님 향해

눈물 흘리지 않도록."

질주하는 군대의 생동감있고 힘찬 리듬은 성난 황소 브세볼로드의 부하들을 묘사하는데 등장한다.

... подъ трубами повити,

подъ шеломы възлелѣяны,

конець копия въскръмлени,

пути имь вѣдоми,

яругы имъ знаеми,

луци у них напряжени,

тули отворени,

сабли изъострени.

Сами скачють, акы сѣрыи влъци въ полѣ,

ищучи себе чти, а князю — славѣ≫.

... 나팔 소리에 늘 파묻혀

투구를 쓴 채 어리광을 부리고

창 끝으로 음식을 받아먹으며 자라났다.

초원의 길도 훤히 꿰뚫고 있고,

깊은 골짜기도 잘 알며,

활도 팽팽이 당겨뒀고,

화살통도 활짝 열어놓고,

칼도 날을 바짝 세워뒀다.

나의 부하들은 마치 야생의 회색 늑대처럼 초원을 누빌 것이다,

자신들의 은상(恩賞)과 공후의 영광을 위해."

루시인들의 폴로베츠인들에 대한 승리의 기쁨은 서술어를 생략한 박력있는 리듬으로서 기쁨에 찬 목소리와 함성의 느낌을 자아낸다.

Чрьленъ стягъ,

бѣла хорюговь,

чрьлена чолка,

сребрено стружие —

храброму Святьславличю!

붉은 깃발,

흰 깃발,

선홍빛으로 물들인 말꼬리 장식,

은빛 장대는 —

용맹한 스뱌토슬라브의 아들에게!

『이고리 원정기』의 리듬은 작품의 구성과 가장 밀접하게 연관되어 있다. 전반적으로, 『원정기』의 모든 구조는 뚜렷한 리듬감을 보여준다. 하나의 주제에서 다른 주제로 옮겨가는 균일한 흐름 또한 리듬감이 있다. 작품에서 서정적 영탄을 되풀이하는 서정적 일탈 역시 균일하며 리듬감을 전해준다. 작품에는 "오, 루시 땅이여, 너는 언덕 너머에!"라는 영탄이 두 번 등장한다. "이고리의 용맹스런 군대는 다시 일어서지 못하리!"라는 탄식 또한 두 번 되풀이된다. "루시 땅을 위하여, 이고리의 아픔을 위하여, 용감한 스뱌토슬라브의 아들을 위하여!"라는 영탄은 세 번 반복된다. 야로슬라브나의 바람과 드네프르강, 그리고 태양에 대한 호소 역시 동일한 구조로 매우 리듬감있게 반복된다. 루시 땅의 공후인 브세볼로드, 류릭, 다비드, '여덟생각' 야로슬라브에 대한 호소가 교대로 진행되는 것 역시 리듬감있다. 시적 발화의 리듬감은 동일한 싯구로 시작하는 것에서도 느낄 수 있다.

*Ту* ся брата разлучиста на брезѣ быстрой Каялы;

*ту* кроваваго вина не доста,

*ту* пиръ докончаша храбрии русичи:

여기 두 형제는 물살이 센 카얄라 강에서 헤어졌다.
여기 붉은 포도주가 떨어지고
여기 용감한 루시인들은 잔치를 끝냈다.

**Уже** снесеся хула на хвалу;
**уже** тресну нужда на волю,
**уже** връжеса дивь на землю.
이미 영광은 치욕으로 바뀌었고,
이미 자유는 억압에 크게 짓눌렸으며,
이미 괴조는 땅을 향해 덤벼들었다.

리듬성은 시구의 유사한 통사적 구조를 통해서도 얻어지고 있다.

притопта хлъми и яругы,
взмути рѣки и озеры,
иссуши потоки и болота.
언덕과 계곡을 짓밟고
강과 호수를 흐려 놓고
급류와 늪을 말려 버렸다.

시적 발화의 리듬은 작품에서 짝을 이루는 관용적인 어결합으로도 충분히 이루어지고 있다. "명예와 부"(чти и живота), "슬픔과 안타까움"(туга и тоска), "사랑과 애정"(свычая и обычая), "돈 강에서 그리고 바다에서"(отъ Дона и отъ моря), "그런 전투도 있었고 그런 원정도 있었지만"(въ ты рати и въ ты плъкы), "웅성거리는 저 소리, 쟁쟁거리는 저 소리는 무엇이지?"(Что ми шумить, что ми звенить), "언덕과 계곡"(хлъми и яругы), "강과 호수"(рѣки и озеры), "급류와 늪"(потоки и болота) 등등이 있다. 그리고 마지막으로 『원정기』에서의 리듬은 언제나 대조로 제시되는 것과도 관련이 있다.

> Дѣти бѣсови кликомъ поля прегородиша,
> а храбрии русици преградиша чрълеными щиты.
> 악마의 자식들의 깍깍거림이 들판을 가로막고,
> 용감한 루시인들은 선홍빛 방패를 둘러 막는다.

> рѣтко ратаевѣ кикахуть,
> нъ часто врани граяхуть
> 농부들의 밭 가는 소리는 들리지 않고,
> 종종 다툼을 벌이며 까악거렸으니,

> Коли Игорь соколомъ полетѣ,
> тогда Влуръ влъкомъ потече,
> 이고리가 매로 날면,
> 오블루르는 늑대로 내달렸으니,

이상 상술한 대조는 『원정기』의 기본적인 내용과도 뗄 수 없으며, 작품의 이념적 구도에도 부합한다.

　이처럼, 『이고리 원정기』의 유연한 리듬은 작품 내용의 지배를 받는다. 『원정기』의 리듬은 작품의 의미, 내용과 밀접한 연관을 보이며 변화한다. 『원정기』의 리듬 형태와 주제론적 의미론의 명확한 일치는 『원정기』 시어의 독특한 음악성을 입증해주는 가장 중요한 근거이다.

## 10. 누가 『이고리 원정기』의 저자인가?

　『원정기』의 저자는 이고리 스뱌토슬라비치에게 공감하는 입장인 것으로 보아 그의 측근일 수 있다. 저자는 키예프 대공 스뱌토슬라브에게도 역시 공감하는 입장인 것으로 보아 키예프 대공의 측근일 수도 있다. 출신 성분으로 보면 체르니고프 공령일 수도 있고, 키예프 공령일 수도 있다. 기사(дружина)일 수도 있다. 작가는 기사라는 개념을 작품에서 줄곧 사용하고 있기 때문이다. 의심의 여지없이, 작가는 매우 교육받은 사람이며 사회 계층으로도 상층으로 추정된다. 그러나 정치적 관점에서 "기사도, 지역적 이해의 옹호자도 공후, 보야르 또는 종교계의 이데올로그도 아니다. 『원정기』가 어디에서 만들어졌건, 키예프든 체르니고프든 갈리치든 폴로츠크든 또는 노브고로드-세베르스크든, 특정 지역의 지역적 이익에 함몰되지 않았다. 그리고 이것은 무엇보다도, 『원정기』의 작가가 봉건 공후 사회 통치층으로부터 한발 떨어진 독립적인, 애국적 관점을 가졌기 때문이기도 하다. 작가는 봉건 통치층의 지역적 이해관계에는 전혀 관심이 없었으며 루시의 단합을 원하는 루시의 광범위한 주민 계층의 복리를 보다 중요하게 생각하고 있었다.
　비록 작가가 농민이나 상공인 계층 출신일 리는 사실상 거의 없으며 기사 계급에 좀더 가깝다 하더라도, 『원정기』 작가는 루시 기층 민중의 희망과 정서를 표현하고 있다.
　『원정기』 작가의 이름은 알려져 있지않으며, 미래의 언젠가라도 알려질 가능성은 희박하다. 『원정기』 작가의 이름을 밝히려는 지금까지의 모든 시도는 근거가 박약한 환상에 가까운 제안 수준을 넘어서지 못하고 있다.

## 11. 『이고리 원정기』와 고대 러시아 문학[18]

『이고리 원정기』가 잘 알려져 있었다는 사실은 중세 동슬라브 문학 발전 과정 전반에서 확인된다. 예를 들어, 기도용 전례서로 현재 모스크바의 러시아 역사 박물관(ГИМ) 도서관 수사본실에 보관되어 있는 프스코프 지방의 1307년 『사도행전』(Апостол)의 경우, 수사본 마지막 장에 필사가가 쓴 다음과 같은 덧댄 글(приписка)이 함께 전해지고 있다: "금년 루시 땅에는 미하일과 유리가 노브고로드 땅을 두고 싸움을 벌였다. 이들 공후 시절에 내분의 씨앗이 뿌려졌고 자라났다. 우리의 목숨을 내몰고 공후들의 싸움에 내몰고, 사람들이 줄어들었다." 이 짧은 덧댄 글은 『원정기』의 다음 부분을 개작한 것이다: "그때, 올레그 고리슬라비치의 시절에 내분의 씨앗이 뿌려지고 자라났다. 다쥐보그의 손자들이 죽었고, 공후들간의 다툼으로 많은 이들이 죽어갔다."[19]

15세기 초반 『이고리 원정기』는 『돈 강 너머 이야기』(Задонщина)를 위한 문학적 전범으로 기능했다. 『돈 강 너머 이야기』는 그리 길지 않은 시적 작품으로 드미트리 돈스코이 공후의 쿨리코보 들판, 즉 '돈 강 너머'의 승리에 바치는 송가이다. 『돈 강 너머 이야기』에는 『이고리 원정기』의 이미지를 이용해, 과거의 비탄과 승리의 영광이 대비되고 있다. 『돈 강 너머 이야기』의 저자는, 그러나, 『원정기』를 속속들이 이해하지는 못한 채, 『원정기』의 많은 예술적 형상을 왜곡하고 제대로 조명하지 못하고 있다.

『돈 강 너머 이야기』를 통해, 아마도, 『이고리 원정기』가 돈 강 전투에 대한 다른 작품, 예를 들어 『마마이 전투에 관한 이야기』(Сказание о Мамаевом побоище)에도 직접적인 영향을 충분히 줄 수 있었을 것이다.

16세기에 『이고리 원정기』는 의심의 여지 없이 프스코프나 노브고로드에서 여전히 필사되었을 것이다. 1812년 나폴레옹의 러시아 침략 때 불타버린 필사본 원본이 바로 이곳에서 만들어졌기 때문에 그렇게 추정할 수 있다.

이런 식으로, 『이고리 원정기』는 오랜 시간 동안 루시 땅 여러 다른 지역에서 알려졌다. 작품은 읽혀졌고 필사되었으며 다른 작품을 위한 영감의 원천이 되기도 했었다. 오를로프의 표현에 따르자면, 루시 남쪽 지방에서 창작된『원정기』는 "'유목민들의 거친 벌판'과 맞닿은 접경에서 결코 잃어버린 것이 아니었다.『원정기』는 몇 번이고 경계를 뛰어넘어 러시아 문학의 모든 지평을 헤쳐 나온 것이다."

## 12.『이고리 원정기』의 발견과 출간, 연구

『이고리 원정기』 사본 중의 하나로 아마 16세기 경에 필사된 것으로 추정되는 사본이 1790년대 초, 러시아 고문서 애호가이자 수집가로 당시 이름이 높았던 무신-푸쉬킨(А. И. Мусин-Пушкин) 백작에[20] 의해 발견되었다.『원정기』 사본 텍스트는 세속적 내용의 다른 중세 동슬라브 작품들과 함께 같은 선집에 수록되어 있었다. 이 선집은 무신-푸쉬킨이 자신의 중개인을 통해 스파소-야로슬랍스키 수도원의 다른 수사본들과 함께 손에 얻어졌다.『원정기』에 대해 1797년 발표된 당시 유명한 작가 헤라스코프의 서사시『블라디미르』의 제2판에 짧지만 최초로 소개되었다. 그 이후『원정기』에 대해 니콜라이 카람진에 의해 독일의 함부르그에서 발행되던 서구의 잡지『북방의 관찰자』1797년 10월호에 좀더 자세하게 알려지며, 서구에서도『원정기』의 존재에 대해 알게 되었다.『원정기』의 수사본에서 복본이 둘 작성되었다. 하나는 예카테리나 2세에게 헌정하기 위한 용도였으며,[21] 이 복본은 오늘날까지 전해져 오고 있다. 1800년, 발견된『원정기』 사본을 무신-푸쉬킨 백작은 당시 잘 알고 지내던 고문헌, 고문서 전문 연구가들이자 당대 최고의 러시아 어문학 지식인들이었던 말리놉스키(А. Ф. Малиновский), 반트이쉬-카멘스키(Н. Н. Бантыш-Каменский) 그리고 역사가 카람진(Н. М. Карамзин)과 함께 출판했다. 그러나, 1812년 나폴레옹의 러시아 침략과정 중 일어난 모스크바 대화재로『이고리 원정기』 사본이 수록되어 있는 선집이 불에 타 사라져 버렸다. 필사본과 함께 1800년 초판본 대다수도 불타 버렸다.[22]

예카테리나 여제 헌정 복본과 1800년 초판 간행본을 비교해 볼 때 18세기 말엽 당시 러시아어의 역사적 발달 과정에 대해 얼마나 무지했었고, 중세 동슬라브 필사본 텍스트를 제대로 읽을 수 없었는가 하는 점이 여실히 드러난다. 지금 우리에게는 의문의 여지가 없을 정도로 단순하고 명쾌한 점들이 최초의 발행자들에겐 '이해되지 않고' 있었다. 1800년 판본의 발행자들은 12~16세기 『이고리 원정기』 작품이 필사되어 오는 과정에서 여러 필사자들에 의해 실수가 저질러진 텍스트에 자신들도 문법적인 실수를 덧대 넣었고, 어떤 부분에선 제대로 독해도 해내지 못하고 있다. 그러나, 이 모든 초판본 발행자들의 실수는 또한 동시에 그들의 솔직함과 거짓없음을 증명하는 것이기도 하다. 그들은 차라리 이러저러한 '자의적인' 해석보다는 차라리 텍스트에 손을 대지 말고 '어둠 속에'[22] 그대로 남겨두는 것이 낫다고 생각했었.

『이고리 원정기』 텍스트를 제대로 이해하고 있지 못하다는 증거는 초판본 곳곳에서 음절 단위로 띄어 쓰고 붙여 쓸 때 실수가 저질러지고 있다는 점이다. 무신-푸쉬킨 백작의 증언처럼, 수사본 원본에는 16세기 텍스트가 다 그러하듯, 철자가 띄어쓰기 구분없이 연결되어 쓰여져 있다). 예를 들자면, 『원정기』 초판본에는 "поскочи" 대신 띄어서 "по скочи", "затворивъ Дунаю" 대신 "затвори въ Дунаю", "мужаимѣся" 대신 "мужа имѣ ся" 등등으로 표기되어 있다. 『원정기』 초판본의 발행자들은 그들이 이해하지 못한 단어를 고유명사로 이해해 대문자로 간간이 표기하기도 했다. 예를 들자면, 마치 페레야슬라블 지역의 마을 이름을 "Шеломянем"이 것처럼 이해하고 있지만, 이건 지금 우리가 알고 있듯 언덕이란 뜻의 шеломя이다. 역시 폴로베츠인의 이름인 것으로 이해되는 Кощей는 кощей로서, 이는 '노예'раб를 뜻하는 중세 루시어이다. 『원정기』의 초판본 발행자들은 지금 우리에겐 명확한 부분을 번역을 하지 않고 남겨 둔 곳도 있다. 예를 들어, "великому Хръсови влъкомъ пути прерыскаше" - "волком перебегал дорогу богу Хорсу"(호르스 신의 길을 늑대로 막았다) 즉, "поспевал до восхода солнца"(해가 뜨기 전까지 매우 서둘렀다)라는 곳이다.

『이고리 원정기』의 이념 또한 초기에는 이해하지 못한 듯싶다. 『원정기』의 전형적인 형식적 특징인 민간 시가, 연대기, 중세 루시 문학 작품과의 일치점들이 이해를 얻지 못하고 있다.

이후 시간이 지나며 『이고리 원정기』에 등장하고 언급되는 많은 세세한 역사적 사실이 기록을 통해 입증되었고, 18세기 말 19세기 초에는 이해되기 힘들었던 『원정기』의 언어적 현상들이 설명되었으며, 『원정기』에 등장하는 이미지와 어결합 표현 등이 새로이 발견된 민간 시가와 11~13세기 기록 문학 작품 등을 통해 밝혀졌다.

『이고리 원정기』는 문학연구가, 시인, 언어학자 그리고 역사학자 등에 의해 연구되었다. 알렉산드르 푸쉬킨 또한 『원정기』 번역을 위해 작품을 진지하게 검토했었다. 『원정기』는 19세기 초 러시아 낭만주의 시인 바실리 주콥스키(В. Жуковский)를 비롯해 마이코프(А. Майков), 메이(Л. Мей)를 비롯한 많은 19세기 시인들이 당대 러시아어로 번역을 했다.

뛰어난 러시아 인문학자치고, 『이고리 원정기』에 대해 글 쓰지 않은 사람은 없다. 『원정기』에 대한 그간의 연구 성과를 정리한 연구 결과 서지 도서만 해도 700권을 상회한다. 『원정기』는 동, 서, 남슬라브어 모든 언어로 번역이 되었으며 대부분의 서유럽어로도 번역되었다. 고가의 호화장정에 아주 세세한 부분까지 주석이 꼼꼼하게 달려있는 『원정기』 판본이 특히 슬라브어권 국가에서 종종 출판되는 현상은 『이고리 원정기』에 대한 우리 러시아와 형제인 슬라브 국가의 높은 관심을 증명하는 것이다.

『이고리 원정기』는 또한 소비에트 연합(СССР) 구성 민족의 모국어로도 수차례 번역되었고, 러시아 혁명 이후 이들에 의한 『원정기』 작품과 연구는 훌륭한 애국적 러시아 문학 작품에 대한 소비에트 연합 모든 민족의 애정을 말해주는 것이라 할 수 있다.[24]

# 번역자 주

01    편집자 드미트리의 서문 격인 지금 이글에서 현대 러시아어로 Русская земля 또는 русская земляа고 등장하는 어구는 물론, 뒤이어 작품 대역 번역에서 접하게 되는 за землю Руськую 라는 표현 역시 '러시아 땅'이 아니라 "루시 땅"으로 옮기겠다. Русь의 형용사형인 русская는 오늘날 21세기 러시아에만 해당하는 것이 아니라, 유럽 중동부 평원 지대의 동(東)슬라브인들의 부족 단위 군거 생활이 키예프를 중심으로 느슨한 봉건 연맹의 국체(국체)를 이룬 키예프 루시 시대, 그들 모두에게 적용될 수 있는 형용사이다. 즉, 오늘날 현대의 국가 개념으로 우크라이나와 벨라루시의 조상들 또한 바로 이 루시 인들의 땅인 "русская земля" 살았기에 '러시아 땅'이라고 인습적으로 명명하는 것은 조화로운 동슬라브 최초의 국가 공동 생활의 실제 모습을 제대로 반영하고 있지 못하는 결과이다. 따라서, 이 서문을 썼으며 이 책 전체의 원편집자 드미트리 리하쵸프에 의해 русская земля 또는 за землю Руськую 라고 언급되는 곳은 번역자에 의해서는 모두 러시아 땅이 아닌 '루시 땅'이라는 표현으로 옮겨질 것이다.

02    슬픔, 고통, 비애라는 러시아어 горе를 생각해 보면, '고통의 자식들', '슬픔의 자손들' 정도의 뜻으로 충분히 생각할 수 있다.

03    약간의 부가적인 설명이 필요할 듯싶다. 유럽 중동부 평원에서 부족 단위의 군거 생활을 해오던 동슬라브인들은 9세기 초부터 아마 부족간 충돌을 조금씩 겪기 시작한 듯싶고, 그 결과 내부의 의견에 좌우되거나 이해관계에 휘둘리지 않는 공정한 외부의 심판자 자격으로서 당시 스칸디나비아 반도를 거점으로 활동하던 바랑고이 인들(the Varangians), 즉 러시아에서는 바랴그인들(варяги)이라 불리는 이른바 바이킹들을 루시 땅으로 불러 왔다. 그렇게 해서 발트해와 핀란드만에 가까운 북쪽 지역의 노브고로드(Новгород)에 제일 먼저 그들이 도착하게 되었다. 그 역사의 기록이 862년 바랴그 인들의 루시 땅 도착이라는 이야기로 중세 루시의 연대기에 남아 있으며, 이를 근거로 이른바 루시(즉 러시아의)의 민족 기원에 대한 '북방 이론'(Norman Theory)이 18세기 후반, 유럽에서의 낭만주의라는 흐름과 함께 민족의 시원에 대한 관심과 탐구가 활발해지면서 독일의 아우그스트 슐뢰처(August L. von Schlözer) 등의 학자들로부터 생겨나기 시작했다. 그러나, 그렇게 루시 땅으로 초빙 받아온 바랴그인들, 그들을 대표하는 자가 '류리'(Рюрик)이라고 루시 역사가들을 통해 명명되어 불려진다, 즉 스웨덴의 바이킹들은 빠르게 루시 현지에 동화, 흡수되어 간 것 같다. 초기 루시의 부족 지배자들은 이들 판관의 자격으로 루시 땅에 도착한 바랴그들인과 섞이면서 지배층으로서의 자신들의 계층 분화를 확고하게 주도, 정착시켰다. 이를 통해 부족과 영역에 대한 지배를 정당화하며, 내부에서 거부할 수 없는 권위의 표징처럼 자신들의 권력은 기존 질서의 '바깥'에서 이미 주어져 있었기에 도전받을 수 없다는 이념을 퍼뜨리기 시작한 것 같다. 그렇게 중세 동슬라브들의 초기 부족 지도자들은 자신들의 통치를 정당화하기 시작했으며, 피지배층과는 다른 자신들의 고유한 불가침 권한의 정당화를 태생에서부터 시도했다. 그게 바로 지배자로서 '공후의 혈통'은 따로 있고, 자신들만이 그 혈통이다라는 이데올로기를 전파하며 함께 등장한, 부족 지도자로서 '공후 계층은 모두 한 조상으로부터 비롯한 한 형제이다'라는 사상이었다. 즉, 중세 동슬라브의 각 부족들을 다스리는 부족의 지도자들은 모두 출생부터 남다른 공후이며, 이들 공후의 부족에 대한 지배는 지극히 정당하다는 논리였다.

한편, 그렇게 9세기 중반 바랴그인들까지 불러와 '질서'를 잡으려 한 루시 땅은 이후 키예프라는 도시가 가장 중심적인 도시로 기능하며 오늘날 우리가 잘 아는 이른바 '키예프 루시'(Киевская Русь)로 알려지기 시작한다. 키예프 루시는 이 책 뒷부분 지도에 '공령'(княжество)이라고 표기된 영역의, 느슨한 혈연적 결합을 기반으로 정치적 공동체로 묶인 중세 동슬라브의 봉건 연맹체였다. 이 봉건 연맹을 지탱하는 가장 원론적인 질서는 각 공령의 공후들 중 최연장자가 키예프 대공을 맡는다라는 소위 '형제상속'이 중세 동슬라브의 원칙으로 작동하였다. 그러나, 시간이 지나며 점차 공후와 그 자식들이 늘어나는 것에 비해 공령으로 삼을만한 영토가 부족해지며, 자연스레 또 다시 다툼이 일어날 수밖에 없다. 결국, 키예프 루시 또한 이 문제를 해결할 필요가 있었기에 형제상속에서 부자상속으로 전환한 것이 지금 위에서 소개되고 있는 류베치 회의의 역사적 의의이다. 강력한 왕권을 확립하지 못한 상황에서, 계약에 의해 유지되어야 할 봉건체제 또한 허약했고, 그러니 갈등과 무력 충돌을 예방하기 위해서는 수사적 차원에서라도 끊임없이 옛 부족 지도자들의 후손인 공령 공후들간의 화합과 단합을 강조할 수밖에 없었다. 그런 배경에서, 지속적으로 '형제들(=공후들)끼리 다투지 말라'라는 경고의 메시지가 발신되는 것이다. 이 형제는 그래서 단순한 수사학의 차원은 아니지만, 그리스도교적인 종교적 맥락에서 비롯하는 것도 아닌, 사실은 매우 이념적인 당대의 정치현실에서 비롯하는 표현이자 주장인 것이다.

04 모스크바에서 그리 멀지 않은 '황금 고리' 중의 한 곳으로 잘 알려진 블라디미르는 키예프 루시 시대 종종 '숲 뒤쪽의 블라디미르'라는 뜻으로 Владимир-Залесский 라고도 언급되었다. 반면 Владимир-Волынский는 오늘날 서부 우크라이나의 가장 끝에 위치한 도시로 키예프 루시 시대에는 볼르인 공국의 제일 중심되는 도시였다. 물론, '볼르인의 블라디미르'라는 뜻으로 그렇게 불렸다. 번역 대본으로 삼은 이 책과 편집자 리하쵸프의 서문에는 블라디미르-자레스키와 블라디미르-볼르인스키로 뚜렷이 구별되어 지칭되나, 너무 낯설고 긴 고유명사의 남발은 가독성과 독서의욕 모두를 동시에 격하게 떨어뜨리는 일임을 너무나 잘 알기에, 우리 한국의 독자들에게 훨씬 더 익숙한 모스크바에서 가까운 황금 고리에 포함되는 블라디미르는 그냥 간편하게 '블라디미르'라 부르고, 서부 우크라이나 지역 볼르인 공령의 블라디미르는 '블라디미르-볼르인스키'라고 따로 구별해 부르도록 하겠다.

05 비잔틴 제국과 맞닿아 있어 종교와 언어의 전파와 수용, 영향 관계가 다른 슬라브어권과 비교 불가능할 정도로 앞서 나갔던 중세 불가리아 왕국 정도를 예외로 생각한다면, 거의 엇비슷한 시기 또는 조금 더 일찍 그리스도교와 문자를 받아들인 슬라브 문화권의 모라비아(즉, 체코), 폴란드, 그리고 루시 중, 키예프 루시의 초기 문학 성장은, 모든 편견을 떠나, 확실히 매우 돋보인다고 말할 수 있다.

06 노브고로드에서 특히 활발했던 일종의 도시 자유시민들의 모임을 말한다. 혹자는 고대 그리스의 아크로폴리스 광장에서의 자유로운 토론을 연상하면 된다고까지 과감하게 말하기도 한다. 많은 부분이 추정이긴 하나, 분명하게 말할 수 있는 점은, 노브고로드의 경우 특히 공후의 지배에만 종속되지 않고 베체를 중심으로 한 도시의 자유시민인 상층 상공인들이 노브고로드를 다스릴 공후를 자신들의 논의 끝에 결정, 초빙해오는 방식으로 도시를 운영했다. 노브고로드는 또한 9세기경부터 중세 서유럽의 한자 동맹에 참가해 그들과의 교역이 활발하였다.

07 수레 위에 텐트를 얹어 이동성과 거주성을 동시에 해결한 폴로베츠인들의 이동형 숙소이다.

08 리하쵸프의 편집자 서문에는 소개가 되고 있지 않지만, 마침(!) 일요일 새벽 이고리는 자신의 부대가 있던 곳으로 되돌아오며 카얄라(Каяла) 강 근처에서 매우 상징적인 참회를 한다: "신 앞에 내 죄를 이제 고백해야 할 때이다. 나는 그리스도인들의 땅에 너무나 많은 죽임을 불러 왔으며 피를 흘리게 했다, ..." 한편, 카얄라 강이라는 이름 또한 아주 의미가 깊으니, 후회하다, 회개하다 라는 동사가 каять 이다.

09　이파티 연대기에서 보여지는 이런 상세한 묘사를 보면, 『이고리 원정기』의 저자는 이고리와 함께 원정에 참가해 전투를 지근거리에서 벌인 인물 중에서 가리는 것이 지극히 합당해 보인다.

10　중세 동슬라브 문학 연구에 있어 가장 중요한 두 가지 과제는 필사 사본들 간의 텍스트학적 연구(текстология)와 창작연대 규명(датировка)이다. 현존하는 여러 사본 중, 어떤 사본이 다른 사본보다 텍스트 원형에 더 가깝고 어떤 상호 필사 관계로 이루어져 있는지 하는 문제를 규명하는 것이 텍스트학적 연구이며, 작품이 언제 창작되었는가를 밝히는 것이 두 번째 과제인 창작연대 규명이다. 이 두 과제는 가장 기본이 되는 연구 주제로, 이 주제에 대한 충분히 납득할 만한 설명으로 중세 동슬라브 문학사에서의 작품 연구는 시작되며, 또 마지막 귀결점이기도 하다. 한편, 『이고리 원정기』의 경우 단 하나 발견된 사본이 불타 없어져 버렸기 때문에 사실상 텍스트학적 연구는 불가능한 상황이다. 그렇기때문에 『이고리 원정기』의 경우 창작연대규명이 매우 중요한 연구 주제가 된다. 창작연대규명에 있어서 많은 경우 복잡한 역사적 사실과 연대기 문헌에 대한 포괄적인 검토와 연구가 종종 요청되며, 이런 점에서 중세 동슬라브 문학 연구는 또한 역사학적 연구와 상당 부분 겹칠 수 밖에 없다. 쉽게 생각할 수 있는 부분으로, 『이고리 원정기』에 대해 그 진본성에 최초의 중요한 의문을 던진 알렉산드르 지민(А. А. Зимин)은 역사학 전공자이며, 『이고리 원정기』의 저자를 당대 키예프의 보야린이었던 표트르 보리소비치(Петр Борисович)로 추정해내는 모스크바 국립대학의 보리스 르이바코프(Б. А. Рыбаков) 또한 역사학 전공자이다.

11　책 뒷부분 부록에 수록된 당시 키예프 루시의 지도를 참고하면 어떨까 싶다. 두나이 강은 도나우 또는 다뉴브 강이라 불리는 강의 러시아어식 표기이다. 그리고 트무타라칸 도시의 위치 정도는 지도에서 확인해 보는 것을 권한다.

12　키예프에서 트무타라칸은 오늘날에도 가장 빠른 도로로 그 거리가 무려 987km이며 그 당시 이동로이던 돈 강을 따라 내려가는 길로는 심지어 1,200km가 넘는 거리가 나온다.

13　중세에는 사용되지 않던 근대의 개념이긴 하지만, 오늘날에도 러시아어에서는 "다 껴안을 수 없을 정도로 광활한 조국"(необъятная родина) 또는 "러시아는 다 껴안을 수도 없을 정도로 큰 나라이다 (Россия - необъятная страна)"라는 표현을 수사적 차원에서도 종종 쓴다.

14　도네츠 강의 "은빛 강변"(на своихъ сребреныхъ брезѣхъ)은 그저 그런 조금은 뻔한 은유가 아니다. 우크라이나 태생의 생물학자 샴비나고(С. К. Шамбинаго)의 연구에 의하면, 도네츠 강 하류는 중생대 백악기 지형에 속하는 곳으로 진짜(!) 강변의 토양이 백색에 가까운 빛을 낸다고 한다. 그만큼, 『원정기』의 수사와 비유는 한편으로서는 실재에 근거하며 다른 한편으로서는 문학적이라는 의미이기도 하다.

15　'검'(меч)이라 표기한 것은 도신(刀身)이 일자형으로 쭉 직선으로 뻗었으며 양쪽에 날이 있고 찌르고 베는 것이 모두 가능하다. 한편, '도'(сабля)라 옮긴 것은 도신이 약간 휘었고 휜 반대편에만 날이 있으며 자연히 베는 것만 가능하다. 참고로, 화약을 이용해 발사할 수 있는 총포류가 아닌 도검류는 러시아어로는 холодное оружие 라고 총칭한다.

16　본문의 시는 리하쵸프가 러시아어로 옮겨 쓴 것이고, 원래 우크라이나어로는 다음과 같다.

Чорна рілля ізорана
І Кулями засіяна

Білим тілом зволочена

І кров'ю сполощена

17 한편, животъ는 '배'(腹)라는 뜻뿐 아니라 목숨, 삶이라는 의미로 슬라브어 전체에서 오늘날까지 넓게 쓰인다. '동물'(животное)이라는 말도 생각해 보라.

18 서문의 원문에 древнерусская литература라고 러시아어로 적혀지는 부분들은 인습상의 '고대 러시아 문학'이라는 표현 대신, 이 책에서는 '중세 동슬라브 문학'이라고 옮겨질 것이다. 다만, 여전히 국내 절대다수의 연구가들에게는 '고대 러시아 문학'이라는 개념 규정과 용어가 훨씬 익숙하기에 혼동을 막고자 여기 이 소제목에서는 그대로 따랐다. 시공간의 관점에서 '고대'와 '러시아(사실은 이것마저 러시의 오독이다)' 대신 '중세'와 '동슬라브'라는 한정사가 옳다고 번역자는 생각한다. 무엇보다 먼저 시간의 관점에서, 러시아 문학사에서 '고대 러시아(루시) 문학'이라고 일컬어지는 시대가 10~17세기 정도로, 이는 서구는 물론 세계문명사적 관점에서도 결코 '고대'라고 칭해질 시기는 아니다. 문학뿐 아니라 러시아를 다룸에 있어 거의 모든 분야에서, 표트르 대제의 서구화 개혁을 러시아를 둘로 나누는 코페르니쿠스적 전환으로 받아 들여져, 1703년을 기준으로 '고대 루시'(древняя Русь)와 '근대 러시아'(Россия Нового времени)로 통상 양분된다. 하지만, 이는 겉으로 드러나는 두 시대의 차이만큼이나 여전히 양자를 연결하고 있는 '보이지 않는 거미줄'인 역사/문화/정신적 친연성(親緣性)을 놓치는 것이라 생각된다. 심지어, 근대와 '다른' 근대 이전으로서의 중세를 정확하고 분명하게 인식하자는 의미에서 '고대' 러시아 문학으로 여전히 명명하는 것이 여전히 필요하다는 주장이 오히려 정치적으로라도 올바르다고 여겨질 정도이다. 게다가 주제론적인 관점에서 고대 러시아 문학은 역사문학과 종교문학으로, 이는 중세 서구 일반의 문학 주제론, 세계관과 전혀 다르지 않다. 러시아를 비롯한 키예프 루시, 그리고 뒤를 잇는 모스크바 공국의 시기와 로마노프 왕조 개창 이후는 '고대'가 아닌 '중세'로 시대 규정을 내리는 것이 전체 세계사적 발전의 관점에서라도 합당하고 객관적이다. 그런 의미에서 더이상 '고대'라는 관습적 규정이 아닌, 있는 그대로의 '중세'라는 실제적 태도가 요청된다.

마찬가지로, 공간적 의미에서도 또한 고대 '러시아' 문학이 아니다. Русь와 русская의 관계를 민감하게 받아들이지 않는 결과로 초래되는 키예프 루시의 러시아 독점화를 방치하는 것은, 오늘날의 러시아 중부와 서부, 그리고 우크라이나와 벨라루시 거의 전역에 걸쳐 존재했었던 객관적 실체로서의 키예프 루시의 존재태를 왜곡하는 일이기도 하다. 비록 13세기 전반부터 몽골의 침략과 타타르의 지배로 인해 오늘날 러시아 연방의 대다수 지역은 초원의 유목 세력의 영향을 받지만, 키예프 루시의 일부였던 오늘날 우크라이나와 벨라루시 서부는 이 시기 자신들의 서부 접경, 즉 리투아니아와 헝가리, 그리고 특히 폴란드의 영향을 강하게 받게 된다. 외부의 영향 하에 자신의 정체성을 찾으려는 노력과 함께, 타타르인의 지배를 능동적으로 종식시킨 모스크바 공국은 자신들의 역사적 정통성을 확장하고 심화시키기 위해 키예프 시대로까지 소급하려는 의식적인 노력을 뚜렷이 보인다. 그들은 키예프 루시 시대 서부 지역이었던 갈리치와 볼른, 폴로츠크 등으로까지 자신들을 정점으로 하나의 동일하고 균질한 정치, 경제, 사회, 문화, 역사적 통일체를 구축하려는 시도를 지속적으로 해나가고, 또 상당부분 성공을 거두게 된다. 키예프 루시 시대의 정치적 운명공동체로서의 '동슬라브'의 복원은 결국 사회문화적 측면에서도 두드러진 진전을 보이게 된다. 모스크바 공국 최초로 서적인쇄에 성공한(1563) 이반 표도로프(И. Федоров)는 모스크바에서 활동하다 나중 모스크바 공국은 물론 키예프 루시 최서단이었던 오늘날 우크라이나의 르비브(Львів)로 근거지를 옮기게 된다. 역방향으로는, 키예프의 신학교(『키예프 모힐라 아카데미』)와 이곳의 많은 지식인들이(대표적인 예; 시메온 폴로츠키와 실베스트르 메드베데프) 폴란드를 통해 자신들이 받아들인 서구 라틴 세계 근대적 학문의 상당부분을 모스크바로 직접 와 전이해주기까지 한다(『슬라브-그리스-라틴 아카데미』의 예를 보라). 그리고 이들의 여러 업적 중, 17세기 후반, 폴란드시 비르쉬로부터 음절법을 받아들이며 러시아 시의 근대적 발전의 토대를 닦은 것은 잘 알려진 사실이다. 이처럼, 공간적 의미에서도 '러시아'만의 단독 문학이 아닌 동슬라브 전체(시메온 폴로츠키는 그 이름에서 알 수 있듯, 오늘날 벨라루시의 폴로츠크 출신이다. 그리고 이 폴로츠크는 『이고리 원정기』에 '변신-인간'(человек-оборотень)처럼 등장하는 공후 브세슬라브가 초기 다스렸던 바로 그 도시이고 공령이다!)의 문학이다. 따라서, 고대 '러시아(사실은 루시)' 문학만으로 한정된다는 것은 사실을 제대로 반영하는 것도 아니며 올바르지도 않다. 이와 같은 사실들로 생각해 볼 때, 고대 러시아 문학이라는 개념 규정과 관성적인 표기는 중세 동슬라브 문학으로 수정, 전환되는 것이 필요하다고 생각된다. 물론, 러시아 내에서도 문제인식에 대한 자각과 변화가 시작되고 있으니, 소비에트 시대 이른바 '리하쵸프 학파'(лихачевская школа)의 일원인 상트페테르부르크 국립대학의 나탈리야 뎀코바 교수(Н. С. Демкова)가 자신의 저서를 『중세 러시아 문학』(Средневековая русская литература)라는 제목으로 발간했으며(1997), 벨라루스 민스크 출신으로 소비에트 시대 레닌그라드와 모스크바에서 연구한 류보비 렙순(Л. В. Левшун) 교수는 『중세 동슬라브 문학』(Средневековая восточнославянская литература)라는 제목으로 해당 시대 문학사를 2000년에 발간했다. 그렇지만 러시아에서 이러한 표기와 규정이 바뀌기 힘든 것은, 해당 분야 전문가로 교육받은 그들에겐 우리와 달리 모국어로서 Русь에서부터 비롯한 형용사형 русская의 의미가 분명하고, 고대라는 시기 규정은 워낙 어려서부터 뿌리깊게 형성된 인습적인 요소가 너무 강한 이유 등이 있다. 뎀코바 교수 같은 경우 본인이 대학에 재직하는 교육자로서, 성인이 된 이후 대학 교육과정에서는 사실에 대한 정확한 의미 파악은 필요하다는 취지에서 의식적으로 선택한 표기이며, 렙순교수의 경우 비록 민스크라는 '주변부' 출신이지만 상황에 대해서는 가장 냉정한 판단을 내리고 있는 경우라 말할 수 있다.

19  선명하게 볼 수 있도록 아래와 같이 정리해 볼 수 있을 것이다.

| 『사도행전』의 덧댄 글 | 『원정기』 구절 |
|---|---|
| Сего же лета бысть бой на Русьской земли: Михаил с Юрьем о княженье Новгородское. При сих князех сеяшется и ростяше усобицами, гыняше жизнь наши в князех которы и веци скоротишася человеком. | Тогда при Олзѣ Гориславличи сѣяшется и ростяшеть усобицами, погибашеть жизнь Даждь-Божа внука; въ княжихъ крамолахъ вѣци человѣкомь скратишась. |

20  리하쵸프의 편집자 서문에 '백작'(граф)이란 귀족의 작위는 표기되지 않고 있다. 이 책이 쓰여진 소비에트 시대, 게다가 대조국전쟁이 끝난 지 10주년이 되는 해에 귀족의 작위까지 또박또박 붙여 부르는 것은 소비에트의 정치 상황을 감안하면 그리 현명한 선택은 아니었을 것이다. 건조한 사실의 전달 차원에서 '백작'이라는 귀족 신분을 역자는 서문 번역에 복원해 넣었다.

21  이 복본은 1864년에 가서야 발견되었다.

22  당시 수사본과 초판본의 상당수는 모스크바 라즈굴랴이(Разгуляй (площадь)) 광장에 있던 무신-푸쉬킨 백작의 저택에 보관되어 있었다. 오늘날 주소는 스파르타콥스카야 거리, 2/1번지(ул. Спартаковская, 2/1)이다.

23 오늘날에는 『원정기』 작품 텍스트의 거의 모든 부분이 복원, 이해되었다. 하지만, 네 곳 정도가 여전히 그 의미, 문법적 형태 등이 불분명한 상태로 남아 있으며, 이를 오늘날의 연구자들은 "분명치 않은 곳"(темные места)이라고 부르고 있다.

24 번역의 대본으로 선택한 이 책의 초판은 1955년 발행되어, 1972년 출판된 제5판을 번역한 것이다. 1955년 초판부터 지금 이 편집자로서의 드미트리 리하쵸프의 서문은 크게 바뀌지 않았다. 이 마지막 문단 역시 1955년 초판본의 서문에서도 발견되며 나중까지도 지속된다. 즉, 1955년, 대조국전쟁이라는 세계 제2차 대전이 끝난 지 10년째 되던 해의 중세 동슬라브 문학 연구자이자 한 명의 소비에트 공민으로서 드미트리 리하쵸프의 '시민적 파토스'가 묻어난 마지막 문단이라고 번역자는 생각한다. 아울러, 대조국전쟁 승리 10주년을 기념해 소비에트적 애국심을 좀더 특별히 고취하기 위해 기획, 편집, 간행된 이 책의 편집자 서문에서 오늘날 우리가 읽기에는 조금 맞지 않은 듯한 느낌의 글은 번역에서 제외했음을 또한 함께 밝혀둔다. 키예프 루시의 역사를 조금 길게 설명하는 부분과 『원정기』 저자의 정치관에 대해 언급하는 부분이 번역에서 제외되었다. 또한 번역에서 제외된 부분은 서문 전체에 대한 한 페이지 가량의 모두(冒頭) 진술과 산발적이지만 소비에트의 이념성에 평균 이상으로 경도된 네 문장 정도는 일부러 번역하지 않았음을 함께 밝혀둔다.

# 1800년 초판 간행본✢

---

✢ 이 텍스트는 『이고리 원정기』 필사본을 1800년에 발간한 텍스트의 영인본이다. 1800년 텍스트 발간에는 『원정기』를 최초로 발견, 입수한 무신-푸쉬킨 백작과 함께 당대 최고의 고문서, 고문헌 학자였던 말리노프스키, 반트이쉬-카멘스키, 그리고 역사가 니콜라이 카람진 등이 함께 작업했다. 이후, 1812년 나폴레옹의 러시아 침입과 모스크바 침공 당시 일어난 모스크바 대화재로 무신-푸쉬킨 백작의 저택에 보관 중이던 16세기 수사본 원본과 1800년 초판 간행본 대다수가 소실되었다. 지금 여기에 소개되는 이 영인본은 1800년의 초판 인쇄본이며, 출처는 Слово о полку Игореве. Сост. вступ. ст. подготовка древнерусского текста и комментарий В. И. Стеллецкого. Сер. "Сокровища древнерусской литературы". М., 1981이다.

·ИРОИЧЕСКАЯ ПѢСНЬ

о

ПОХОДѢ НА ПОЛОВЦОВЪ

УДѢЛЬНАГО КНЯЗЯ НОВАГОРОДА-СѢВЕРСКАГО

ИГОРЯ СВЯТОСЛАВИЧА,

писанная

СТАРИННЫМЪ РУССКИМЪ ЯЗЫКОМЪ

ВЪ ИСХОДѢ XII СТОЛѢТІЯ

съ переложеніемъ на употребляемое нынѣ нарѣчіе.

———

МОСКВА
Въ Сенатской Типографіи,
1800.

СЪ ДОЗВОЛЕНІЯ МОСКОВСКОЙ ЦЕНСУРЫ.

## ИСТОРИЧЕСКОЕ СОДЕРЖАНІЕ
## ПѢСНИ.

Удѣльный Князь Новагорода-Сѣверскаго *Игорь Святосла-вичъ*, не здѣлавъ сношенія съ старѣйшимъ Великимъ Княземъ *Кіевскимъ*, рѣшился въ 1185 году отмстить самъ собою *Половцамъ* за раззореніе подвластныхъ ему владѣній и пріобрѣсть себѣ чрезъ то славу. Къ сему наступленію уговорилъ онъ роднаго брата своего *Трубчевскаго Князя Всеволода*, племянника своего *Рыльскаго Князя Святослава Ольговича*, и сына своего Князя *Владиміра*, имѣвшаго удѣлъ свой въ *Путивлѣ*; и съ симъ немноголюднымъ, но храбрымъ войскомъ, выступилъ въ походъ противъ обидившихъ его.

Маія 1го, когда пришелъ онъ на *Донецъ* и располагалъ на берегу лагерь свой, сдѣлалось такое необычайное затмѣніе солнца, что днемъ звѣзды оказались.

# IV

Суевѣры всячески убѣждали Князя *Игоря* оставить свое предпріятіе; онъ не послушалъ ихъ, и отвѣчалъ на то: что одни только трусы боятся чрезвычайностей, что онъ назадъ никакъ не возвратится, и что *стыдъ ему тягчае смерти*. На другой день пошли впередъ: но предубѣжденные несчастнымъ знаменіемъ воины *Игоревы* едва только увидѣли непріятеля, всѣ пріуныли. Отважный Князь уговаривалъ ихъ, и даже приказывалъ, чтобъ тѣ, которые не хотятъ биться за него, возвратились въ свои домы; однакожъ никто оставить его не хотѣлъ. Встрѣтились *Половцы*, и первое сраженіе съ ними было весьма удачно для *Россіянъ*; они разбили ихъ, и даже овладѣли всѣмъ обозомъ ихъ и богатствами. При сей удачѣ молодые Князья *Святославъ Ольговичь* и *Владиміръ Игоревичь*, подстрѣкаемы будучи неопытною храбростію и удальствомъ своимъ, безъ совѣта старѣйшихъ отдѣлились за рѣку *Суугли* (\*) для погони за непріятелемъ.

---

(\*) Рѣка сія въ Половецкихъ кочевьяхъ. Войски Русскія шли отъ *Донца* къ рѣкѣ *Осколу*, отъ *Оскола* къ рѣкѣ *Сальницѣ*, отъ *Сальницы* шли всю ночь, и наутро около обѣда пришли къ рѣкѣ *Суугли*, гдѣ и встрѣтились съ *Половцами*— Татищ. Книга III. стр. 262.

V

Половцы, получивъ себѣ подкрѣпленїе, тотчасъ воспользовались раздробленїемъ Россїйскихъ полковъ, обскакали со всѣхъ сторонъ Князя *Игоря*, и бились безпрестанно два дни. Сей Князь былъ раненъ; а потомъ и въ плѣнъ взятъ со всѣми бывшими съ нимъ Князьями. Пять тысячь оставшагося его войска равномѣрно принуждены были здаться превосходной силѣ непрїятельской. *Половцами* предводительствовали тогда Князья ихъ *Кончакъ* и *Гзакъ* (\*). Сочинитель сравнивая сїе несчастное пораженїе, (приведшее всю *Россїю* въ унынїе) съ прежними побѣдами, надъ *Половцами* одержанными, припоминаетъ нѣкоторыя достопамятныя произшествїя и славныя дѣла многихъ Россїйскихъ Князей. Отъ сей побѣды, говоритъ онъ, *Половцы* сдѣлались дерзновеннѣе и усугубили свои грабительства и разоренїя повсюду. Великїй Князь Кїевскїй *Святославъ Всеволодовичъ* весьма сѣтовалъ о племянникахъ своихъ *Игорѣ* и *Всеволодѣ Святославичахъ*, общественно всѣми любимыхъ. Онъ въ горести своей жалуется на свою старость, препятствующую ему выручить ихъ изъ неволи и взываетъ ко всѣмъ современнымъ Князьямъ

---

(\*) См. Исторїю *Татищева* книгу III стр. 260 — 265.

## VI

о вспоможеніи. Русскія жены оплакиваютъ смерть и плѣнъ мужей своихъ. *Игорева* супруга Княгиня *Ефросинія* (дочь Князя *Ярослава Владиміровича Галицскаго*) оставшись въ *Путивлѣ*, возноситъ жалобный голосъ свой то къ вѣтру, то къ солнцу, то къ рѣкѣ Днѣпру. Пѣснь сія оканчивается возвращеніемъ Князя *Игоря* въ свое отечество. Ибо по причинѣ сдѣланныхъ *Половцами* затрудненій въ выкупѣ его, онъ принужденъ былъ спастись оттуда бѣгствомъ.

Любители Россійской словесности согласятся, что въ семъ оставшемся намъ отъ минувшихъ вѣковъ сочиненіи видѣнъ духъ *Оссіановъ*; слѣдовательно и наши древніе герои имѣли своихъ *Бардовъ*, воспѣвавшихъ имъ хвалу. Жаль только, что имя Сочинителя неизвѣстнымъ осталось. Нѣтъ нужды замѣчать возвышенныхъ и коренныхъ въ сей Поэмѣ выраженій, могущихъ навсегда послужить образцемъ витійства; благоразумный Читатель самъ отличитъ оныя отъ нѣкоторыхъ мѣлочныхъ подробностей, въ тогдашнемъ вѣкѣ терпимыхъ, и отъ вкравшихся при перепискѣ непонятностей.

## VII

Подлинная рукопись, по своему почерку весьма древняя, принадлежитъ Издателю сего (*), который чрезъ старанія свои и прозьбы къ знающимъ достаточно Россійской языкъ доводилъ чрезъ несколько летъ приложен-

---

(*) г. Действительному Тайному Советнику и Кавалеру Графу Алексѣю Ивановичу Мусину-Пушкину. Въ его Библіотекѣ хранится рукопись оная въ книгѣ, писанной въ листъ, подъ N<sup>o</sup> 323. Книга же сія содержитъ слѣдующія, по ихъ оглавленіямъ, матеріи.

1) „Книга глаголемая Гранаграфъ (Хронографъ), рекше нача„ло писменомъ царскихъ родовъ отъ многихъ лѣтописецъ; „прежде о бытіи, о сотвореніи міра, отъ книгъ Моисеовыхъ „и отъ Іисуса Навина, и отъ Судей Іудейскихъ, и отъ че„тырехъ Царствъ, такъ же и о Асирійскихъ Царехъ, и отъ „Александріи, и отъ Римскихъ Царей, Еллинъ же благочес„тивыхъ, и отъ Рускихъ лѣтописецъ, Сербскихъ и Болгар„скихъ.
2) „Временникъ, еже нарицается лѣтописаніе Русскихъ Князей „и земля Рускыя.
3) „Сказаніе о Индіи богатой.
4) „Синагрилъ Царь Адоровъ, Иналиской страны.
5) „Слово о плъку Игоревѣ, Игоря Святъславля, внука Ольгова.
6) „Дѣяніе прежнихъ временъ храбрыхъ человѣкъ о бръзости, „и о силѣ, и о храбрости.
7) „Сказаніе о Филипатѣ, и о Максимѣ, и о храбрости ихъ.
8) „Аще думно есь слышати о свадебѣ Девгеевѣ, и о всхы„щеніи Стратиговнѣ.

VIII

ный переводъ до желанной ясности, и нынѣ по убѣжденію пріятелей рѣшился издать оной на свѣтъ. Но какъ при всемъ томъ остались еще нѣкоторыя мѣста невразумительными, то и проситъ всѣхъ благонамѣренныхъ Читателей сообщить ему свои примѣчанія для объясненія сего древняго отрывка Россійской словесности.

ПѢСНЬ

ИРОИЧЕСКАЯ ПѢСНЬ

О

ПОХОДѢ НА ПОЛОВЦОВЪ

УДѢЛЬНАГО КНЯЗЯ НОВАГОРОДА-СѢВЕРСКАГО

ИГОРЯ СВЯТОСЛАВИЧА,

писанная

СТАРИННЫМЪ РУССКИМЪ ЯЗЫКОМЪ

ВЪ ИСХОДѢ XII СТОЛѢТІЯ

съ переложеніемъ на употребляемое нынѣ нарѣчіе.

---

МОСКВА
Въ Сенатской Типографіи,
1800.

| СЛОВО | ПѢСНЬ |
|---|---|
| О ПЛѢКУ ИГОРЕВѢ, (а) | О ПОХОДѢ ИГОРЯ, |
| ИГОРЯ СЫНА | СЫНА СВЯТОСЛАВОВА, |
| СВЯТѢСЛАВЛЯ, | ВНУКА ОЛЬГОВА. |
| ВНУКА ОЛЬГОВА. | |

Не лѣполи ны бяшетъ, братіе, начяти старыми словесы трудныхъ повѣстій о пълку Игоревѣ, Игоря Святъславлича! начати же ся тъй пѣсни по

Пріятно намъ, братцы, начать древнимъ слогомъ прискорбную повѣсть о походѣ Игоря, сына Святославова! начать же сію пѣснь по бытіямъ того времени, а не по

---

(а) Игорь Святославичъ родился 15 Апрѣля 1151 года; во Святомъ Крещеніи нареченъ Георгіемъ; женился въ 1184 году на Княжнѣ Евфросиніи, дочери Князя Ярослава Володимировича Галитъскаго въ 1185 году имѣлъ онъ сраженіе съ Половцами, а въ 1201 году скончался, оставивъ послѣ себя пять сыновей.

2

былинамъ сего времени, вымысламъ Бояновымъ. Ибо
а не по замышленію Бо-  когда мудрый Боянъ хотѣлъ
яну (6). Боянъ бо вѣщій, прославлять кого, то но-

---

(6) Такъ назывался славнѣйшій въ древности стихотворецъ Рускойской, которой служилъ образцемъ для бывшихъ послѣ него писателей. Изъ нѣкоторыхъ въ примѣръ здѣсь приведенныхъ словъ его явствуетъ, что Боянъ воспѣвалъ всегда важныя произшествія и изъяснилъ мысли свои возвышенно. Когда и при которомъ Государѣ гремѣла лира его, ни по чему узнать не льзя; ибо не осталось намъ никакого отрывка, прежде великаго Князя Владиміра Святославича писаннаго. Отъ временъ же его дошла до насъ между прочими слѣдующая народная пѣсня, въ которой находимъ уже правильное удареніе, кадансомъ въ Стихотворствѣ называемое; но вѣроятно, что и та въ послѣдствіи переправлена:

    Во славномъ городѣ Кіевѣ,
    У Князя у Владиміра,
    У солнышка Святославича,
    Было пированіе почетное,
    Почетное и похвальное
    Про Князей и про Бояръ,
    Про сильныхъ могучихъ богатырей,
    Про всю Поляницу удалую.
    Въ Полѣ-сыта баря наѣдалися,
    Въ полѣ-пьяна баря напивалися.
    Послѣдняя ѣства на столъ пошла,
    Послѣдняя ѣства лебединая;
    Стали бояре тутъ хвастати; и проч.

още кому хотяще пѣснь творити, то растѣкашется мыслію по древу, сѣрымъ вѣлкомъ по земли, шизымъ орломъ подъ облакы. Помняшетъ бо рѣчь пѣрвыхъ временъ усобицѣ; тогда пущашетъ ï соколовъ на стадо лебедѣй, который дотечаше, та преди пѣсь пояше, старому Ярослову (в), храброму Мстиславу (г), иже зарѣза Редедю предъ

сился мыслію по деревьямъ, сѣрымъ волкомъ по землѣ, сизымъ орломъ подъ облаками. Памятно намъ по древнимъ преданіямъ, что повѣдая о какомъ-либо сраженіи, примѣняли оное къ десяти соколамъ, на стадо лебедей пущеннымъ: чей соколъ скорѣе долеталъ, тому прежде и пѣснь начиналася, либо старому Ярославу, либо храброму Мстиславу, поразившему Редедю предъ

---

(в) Чрезъ старагo Ярослава Сочинитель разумѣетъ здѣсь Великаго Князя Ярослава Владимировича, давшаго Новогородцамъ законы, подъ именемъ Русской Правды донынѣ извѣстные. Онъ былъ прапрадѣдъ Игорю Святославичу, которому воспѣвается пѣснь сія.

(г) Храбрый Мстиславъ, также сынъ Великаго Князя Владиміра Святославича, родный братъ Ярославу I. Будучи на удѣлѣ въ Тьмутараканскомъ Княжествѣ 1022 года, выступилъ онъ въ походъ противъ Косоговъ. Князь Косожскій Редедя, понадѣлсь на крѣпость мышцъ своихъ, будтобъ для пощады съ обѣихъ сторонъ воиновъ отъ напраснаго кровопролитія, предложилъ ему

4

полкы Касожьскыми, красному Романови (д) Свято-славличю. Боянъ же, братiе, не 7 соколовъ на стадо лебедей пущаше, нъ своя вѣщiа прьсты на живая струны въскладаше; они же сами Княземъ славу рокотаху.

полками Косожскими, или красному Роману Свято-славичу. А Боянъ, братцы! не десять соколовъ на стадо лебедей пускалъ: но какъ скоро прикасался искусными своими перстами къ живымъ струнамъ, то сiи уже сами славу Князей гласили.

---

поединокъ. Мстиславъ охотно на сiе согласясь, сразился съ нимъ, и одолѣвъ своего сопротивника, лишилъ его жизни. По здѣланному предварительно въ пользу побѣдителя условiю вступивъ во владѣнiе Косоговъ, наложилъ онъ на нихъ дань, завладѣлъ всѣмъ богатствомъ Княжескимъ, а жену и дѣтей его увелъ въ плѣнъ за собою.

Отъ сыновей сего побѣжденнаго Князя Косожскаго произошли извѣстныя въ Россiи фамилiи: *Добрынскихъ*, *Зайцовыхъ*, *Вирдюковыхъ*, *Поджигиныхъ*, *Гусевыхъ*, *Елизаровыхъ*, *Симскихъ*, *Хобаровыхъ* и *Глѣбовыхъ*.

(д) *Романъ*, сынъ Князя *Святослава Ярославича*, былъ на удѣлѣ Княженiя Черниговскаго въ Курскѣ. Въ 1079 году согласясь съ Половцами, онъ хотѣлъ отнять Переяславль у Великаго Князя *Всеволода Ярославича*: но наемные союзники его измѣнили ему и заключили особенный миръ съ Великимъ Княземъ *Кiевскимъ*. Когда онъ за сiю измѣну сталъ упрекать Половцевъ, то произошла изъ того ссора, въ которой онъ былъ отъ нихъ убитъ.

Почнемъ же, братіе, повѣсть сію отъ стараго Владимера (е) до нынѣшняго Игоря; иже истягну умь крѣпостію своею, и поостри сердца своего мужествомъ, наплънився ратнаго духа, наведе своя храбрыя плъкы на землю Половецькую за землю Руськую. Тогда Игорь возрѣ на свѣтлое солнце и видѣ отъ него тьмою вся своя воя прикрыты, и рече Игорь къ дружинѣ (ж) своей: братіе и дружино! луцежь бы потяту быти, неже полонену быти: а всядемъ, братіе, на свои брьзыя комони, да

Начнемъ же, братцы, повѣсть сію отъ стараго Владиміра до нынѣшняго Игоря. Сей Игорь напрягши умъ свой крѣпостію, поощривъ сердце свое мужествомъ и исполнясь духа ратнаго, вступилъ съ храбрымъ своимъ воинствомъ въ землю Половецкую для отмщенія за землю Русскую. Тогда взглянулъ онъ на солнце свѣтлое, и увидѣвъ мракомъ покрытое все войско свое, произнесъ къ дружинѣ своей: „Братья и друзья! „лучше намъ быть изрубленнымъ, нежели достаться „въ плѣнъ. Сядемъ на „своихъ борзыхъ коней,

---

(е) Равно Апостольный Великій Князь Владиміръ Святославичь просвѣтившій Русскую землю Святымъ крещеніемъ.

(ж) Дружиною назывались отборные и приближенные воины, сопровождавшіе Государей во всѣхъ походахъ.

8

позримъ синего Дону. Спала Князю умъ похоти, и жалость ему знаменіе заступи, искусити Дону великаго. Хощу бо, рече, копіе приломити конецъ поля Половецкаго съ вами Русици, хощу главу свою приложити, а любо испити шеломомъ Дону. О Бояне, соловію стараго времени! абы ты сіа плъки ущекоталъ, скача славію по мыслену древу, летая умомъ подъ облаки, свивая славы оба полы сего времени, рища въ тропу Трояню (з) чресъ поля на горы. Пѣти было пѣсь Игореви, того (Олга) внуку. Не буря

„и посмотримъ на си-„ній Донъ.„ Пришло Князю на мысль пренебречь худое предвѣщаніе и извѣдать щастья на Дону великомъ. „Хо-„чу, сказалъ онъ, съ вами, Рос-„сіяне! переломить копье на „томъ краю поля Половецка-„го; хочу или голову свою по-„ложить, или шлемомъ изъ „Дону воды достать.„ О Боянъ! соловей древнихъ лѣтъ! тебѣ бы надлежало провозгласить о сихъ подвигахъ, скача соловьемъ мысленно по дереву, летая умомъ подъ облаками, сравнивая славу древнюю съ нынѣшнимъ временемъ мчась по слѣдамъ Трояновымъ чрезъ поля на горы. Тебѣ бы пѣть пѣснь Игорю

---

(з) Четыре раза упоминается въ сей пѣсни о *Троянѣ*, т. е. *тропа Трояня*, *вѣчи Трояни*, *земля Трояня*, и *седмый вѣкъ Трояновъ*: но кто сей *Троянъ*, догадаться ни по чему не возможно.

соколы занесе чрезъ поля
широкая; галици стады
бѣжать къ дону велико-
му; чили въспѣти было
вѣщей Боянѣ, Велесовь (и)
внуче! Комони ржуть за
Сулою; звенить слава въ
Кыевѣ; трубы трубять
въ Новѣградѣ; стоять
стязи въ Путивлѣ; Игорь
ждеть мила брата Всево-
лода. И рече ему Буй
Туръ (i) Всеволодъ: одинъ
братъ, одинъ свѣтъ свѣт-
лый ты Игорю, оба есвѣ
Святъславлича.; сѣдлай,
брате, свои брѣзыи комо-
ни, а мои ти готови, осѣд-
лани у Курьска на пере-

внуку Ольгову. Не буря
соколовь занесла чрезъ поля
широкія, слетаются галки
стадами къ Дону великому.
Тебѣ бы, мудрый Боянъ,
внукъ Велесовъ! сіе воспѣть.
Ржуть кони за Сулою, гре-
мить слава въ Кіевѣ, тру-
бятъ трубы въ Новѣгородѣ,
развѣваютъ знамена въ Пу-
тивлѣ, ждетъ Игорь ми-
лаго брата Всеволода. Бо-
гатырь же Всеволодъ вѣ-
щаетъ къ нему: „О Игорь!
„ты одинъ у меня братъ!
„ты одинъ у меня ясный
„свѣтъ! и мы оба сыновья
„Святославовы; ты сѣдлай,
„братъ, своихъ борзыхъ ко-

---

(и) Велесъ, Славянскій въ язычествѣ Богъ, покровитель стадъ. Его
считали вторымъ послѣ Перуна. По названію Бояна внукомъ
Велесовымъ, кажется, что онъ жилъ до принятія въ Россіи
Христіянской вѣры.

(i) Буй значитъ дикій, а туръ вола. И такъ Буйтуромъ, или
Буйволомъ, называется здѣсь Всеволодъ въ смыслѣ Метафори-

ди; а мои ти Куряни свѣдоми къ мети, подъ трубами повити, подъ шеломы взлелѣяны, конець копія въскрьмлени, пути имъ свѣдоми, яруги имъ знаеми, луци у нихъ напряжени, тули отворени, сабли изострени, сами скачють акы сѣрыи влъци въ полѣ, ищучи себе чти, а Князю слаѣ. Тогда въступи Игорь Князь въ златъ стремень, и поѣха по чистому полю. Солнце ему тьмою путь заступаше; нощь стонущи ему грозою птичь

„ней, а мои для тебя при-
„готовлены и давно у Кур-
„ска осѣдланы. Мои Курга-
„не въ цѣль стрѣлять зна-
„ющи, подъ звукомъ трубъ
„они повиты, подъ шлема-
„ми возлелѣяны, концомъ
„копья вскормлены; всѣ пу-
„ти имъ свѣдомы, всѣ ов-
„раги знаемы, луки у нихъ на-
„тянуты, колчаны отворены,
„сабли изострены; они ска-
„чутъ въ полѣ какъ волки
„сѣрые, ища себѣ чести,
„а Князю славы." Тогда
Князь Игорь, вступя въ золотое стремя, поѣхалъ по чистому полю. Солнце своимъ затмѣніемъ преграждаетъ путь ему, грозная возстав-

---

ческомъ, въ разсужденіи силы и храбрости его. — Вѣроятно, что изъ сихъ двухъ словъ составилось потомъ названіе *богатыря*, ибо другаго произведенія оному слову до сихъ поръ не найдено.

убуди; свистъ звѣринъ въ стазби; дивъ кличетъ връху древа, велитъ послушати земли незнаемѣ, влъзѣ, и по морію, и по Сулію, и Сурожу, и Корсуню, и тебѣ Тьмутораканьскый блъванъ. А Половци неготовами дорогами побѣгоша къ Дону Великому; крычатъ телѣгы полунощы, рци лебеди рослущени. Игорь къ Дону вои ведетъ: уже бо бѣды его пасетъ птицъ; подобію влъци грозу въ срожатъ, по яругамъ; орли клектомъ на кости звѣри зовутъ (к), лисици

шая ночью буря пробужаетъ птицъ; ревутъ звѣри стадами; кричитъ филинъ на вершинѣ дерева, чтобъ слышали голосъ его въ землѣ незнаемой, по Волгѣ и по морю, по Сулѣ, по Суражу въ Корсунѣ и у тебя, Тмутараканскій истуканъ! Половцы бѣгутъ неготовыми дорогами къ Дону великому; скрыпятъ возы въ полуночи, какъ лебеди сликаяся. Игорь къ Дону войска ведетъ; уже птицы бѣду ему предрекаютъ, волки по оврагамъ выпьемъ своимъ страхъ наводятъ; орлы звѣрей на трупы сзы-

*Всеволодъ Святославличъ*, меньшый братъ *Игоревъ* превосходилъ всѣхъ своего времени Князей нетокмо возрастомъ тѣла и видомъ, которому подобнаго не было, но храбростію и всѣми душевными добродѣтелями прославлялся повсюду — *Татищ. истор.* Часть III. стр: 320.

(к) Птичій полетъ издавна былъ у многихъ народовъ предзнаменованіемъ щастія или нещастія въ предпріятомъ намѣреніи; и Рим-

2

9

брешутъ на чрьленыя щи-
ты. О руская земле! уже
за Шеломянемъ (л) еси.
Длго. Носъ мркнетъ, за-
ря свѣтъ запала, мъгла
поля покрыла, щекотъ
славiй усле, говоръ га-
личь убуди. Русичи вели-
кая поля чрьлеными щиты
прегородиша, ищучи себѣ
чти, а Князю славы.

Съ заранiя въ пятк по-
топташа поганыя плъки
Половецкыя; и рассушась
стрѣлами по полю, пом-
чаша красныя дѣвки По-
ловецкыя, а съ ними зла-
то, и паволокы, и дра-

ваютъ, а лисицы лаютъ
на багряные щиты. О Рус-
кiе люди! далеко уже вы
за Шеломенемъ. Ночь мерк-
нетъ, свѣтъ зари погасаетъ,
мглою поля устилаются,
пѣснь соловьиная умолкаетъ,
говоръ галокъ начинается.
Преградили Россiяне багря-
ными щитами широкiя по-
ля, ища себѣ чести, а Кня-
зю славы.

На зарѣ въ Пятницу
разбили они Половецкiе не-
честивые полки, и разсы-
павшись какъ стрѣлы по
полю, увезли красныхъ По-
ловецкихъ дѣвицъ, а съ
ними золото, богатыя

---

ляне гадали по птицамъ. Равномѣрно примѣчали, въ которую
сторону слетались хищныя птицы, и тамъ неминуймой предпо-
лагали быть гибели людской. Волчiй вой также предвѣщалъ
кровопролитную войну.

(л) Русское село въ области Переяславской на границѣ къ Полов-
цамъ лежащее близъ рѣки Ольты. Татищ. Часть III. стр. 120.

гыя оксамиты; орьтъма-ми и японсицами, и кожухы начаша мосты мостити по болотомъ и грязнымъ мъстомъ, и всякыми узорочьи Половъцкыми. Чрьленъ стягъ, бъла хорюговь, чрьлена чолка, сребрено струшїе (м) храброму Святъславличю. Дремлетъ въ полъ Ольгово хороброе гнъздо далече залетъло; небылонъ обидъ порождено, ни соколу, ни кречету, ни тебъ чрный воронъ, поганый Половчине. Гзакъ бъжить сърымъ влъкомъ; Кончакъ (н) ему слъдъ править къ Дону великому.

шкани, и дорогїя бархапы. Охабнями, плащами, шубами и всякими Половецкими нарядами по болотамъ и грязнымъ мъстамъ начали мосты мостить. Багряное знамя, бълая хоругвь, багряная чолка и серебреное древко достались отважному Святославичу. Дремлетъ въ полъ Ольгово храброе гнъздо, далеко залетъвъ. Не родилось оно обидъ терпъть ни отъ сокола, ни отъ кречета, ни отъ тебя, черный воронъ, нечестивый Половчанинъ! Бъжитъ Гзакъ сърымъ волкомъ, а въ слъдъ за нимъ и Кончакъ спъшитъ къ Дону великому.

---

(м) Воинскїе почетные доспъхи.
(н) Гзакъ и Кончакъ, оба Половецкїе Князья, предводительствовавшїе тогда войскомъ своимъ противъ Князя Игоря.

*Другаго дни велми рано кровавыя зори свѣтъ повѣдаютъ; чрныя тучи съ моря идутъ, хотятъ прикрыти д҃ солнца: а въ нихъ трепещутъ синіи млъніи, быти грому великому, иттм дождю стрѣлами съ Дону великаго: ту ся копіемъ приламати, ту ся саблямъ потручяти о шеломы Половецкыя, на рѣцѣ на Каялѣ, у Дону великаго. О Руская землѣ! уже не Шеломянемъ еси. Се вѣтри, Стрибожи (о) внуци, вѣютъ съ моря стрѣлами на храбрыя плъкы Игоревы! земля тутнетъ, рѣки мутно текутъ; пороси поля прикрываютъ; стязи глаго-*

На другой день весьма рано, заря съ кровавымъ свѣтомъ появляется, находятъ съ моря тучи черныя, хотятъ закрыть четыре солнца; сверкаетъ въ нихъ молнія, быть грому страшному, литься дождю стрѣлами съ Дона великаго. Тутъ - то копьямъ поломаться, тутъ - то саблямъ притупиться объ шлемы Половецкіе, на рѣкѣ Каялѣ, у Дону великаго. О Русскіе люди! уже вы за Шеломенемъ. Уже вѣтры, внуки Стрибога, вѣютъ съ моря стрѣлами на храбрые полки Игоревы; топотъ по землѣ раздается, вода въ рѣкахъ мутится, пыль столбомъ въ полѣ подымается,

---

(о) *Стрибогъ* (*Славенскій Эолъ*) кумиръ во время язычества въ Кіевѣ Боготворимый; ему приписывали власть надъ вѣтрами.

лютъ, Половци идутъ отъ Дона, и отъ моря, и отъ всѣхъ странъ. Рускыя плъкы отступиша. Дѣти бѣсови кликомъ поля прегородиша, а храбрїи Русици преградиша чрълеными щиты. Ярѣ туре Всеволодѣ! стоиши на борони, прыщеши на вои стрѣлами, гремлеши о шеломы мечи харалужными. Камо Туръ поскочяше, своимъ златымъ шеломомъ посвѣчивая, тамо лежатъ поганыя головы Половецкыя; посѣканы саблями калеными шеломы Оварьскыя отъ тебе Ярѣ Туре Всеволоде. Кая раны дорога, братїе, забывъ чти и живота, и града Урънигова,

знамена шумятъ, идутъ Половцы отъ Дона, и отъ моря, и со всѣхъ сторонъ: войско Русское подалось назадъ. Бѣсовы дѣти оградили станъ свой крикомъ, а храбрые Россїяне багряными щитами. О богатырь Всеволодъ! ты стоя на сторожѣ, градомъ пускаешь стрѣлы на враговъ своихъ, а булатными мечами гремишь объ шлемы ихъ. Гдѣ ты, богатырь, ни появишся, блистая золотымъ своимъ шлемомъ, тамъ лежатъ нечестивыя головы Половецкїя, и разсѣчены булатными саблями Оварскїе шлемы ихъ отъ тебя, храбрый Всеволодъ! Какими, братцы, ранами подорожитъ онъ, забывъ почести и веселую жизнь, городъ Черниговъ, отня злата стола, и своя милыя хоти красныя Глѣбовны (л) обычая и обычая? Были вѣчи Трояни, минула лѣта Ярославля (р); были плъци Олговы (с),

отеческой золотой престолъ, всѣ милыя прихоти, обычаи и привѣтливость прекрасной своей супруги Глѣбовны! Прошли съѣзды Трояновы, протекли лѣта Ярославовы, миновались брани Олеговы,

(л) Супруга Всеволода Святославича, брата Игорева, дочь Князя Глѣба Юрьевича Переяславскаго.

(р) Тридцати-пяти-лѣтнее Государствованіе Ярослава I надолго оставалось памятнымъ для Россіянъ. Храбрость его превозносима была за одержанныя имъ многократныя побѣды надъ братоубійцею Святополкомъ и надъ Тьмутараканскимъ Княземъ Мстиславомъ, за отобраніе у Польскаго Короля Болеслава принадлежавшихъ Россіи Червенскихъ городовъ и за покореніе Лифляндіи и Эстляндіи. Не менѣе того и мудрость Ярославова славилась въ потомствѣ: онъ построилъ по рѣкѣ Рси и за Днѣпромъ многіе городы, населивъ пришельцами и плѣнниками; набожностію своею укоренилъ онъ въ Россіи православную вѣру, родителемъ его насажденную, и старался распространить ученость, приказавъ съ Греческаго переводить лучшія книги и нѣсколько оныхъ для народа по Русски сочинить.

(с) Князь Олегъ Святославичь, бывшій съ 1065 по 1114 годъ на Тьмутараканскомъ Княженіи. Безпокойный нравъ его и склонность къ возмущеніямъ много навлекли зла на землю Рускую. Половцы всегда были орудіемъ замысловъ его. Онъ многократно приглашалъ ихъ на разореніе своего отечества, и вмѣсто платы за вспоможеніе, попускалъ имъ опустошать и грабить повсюду. Въ 1096 году Русскіе Князья рѣшились усмирить его, и соединенно выступили противъ него со многочисленнымъ войскомъ; но по причинѣ всегда вѣроломныхъ съ его стороны примиреній едва могли удержать злость его, предписавъ ему съ братьями

| | |
|---|---|
| Ольга Святьславлича. Той бо Олегъ мечемъ крамолу коваше, и стрѣлы по земли сѣяше. Ступаетъ въ златъ стремень въ градѣ Тьмутороканѣ. Тоже звонъ слыша давный великый Ярославъ (т) сынъ Всеволожь: а Владимiръ (у) по всю утра уши закладаше въ Черниговѣ; Бориса же Вячеславлича (ф) слава | Олега Святославича. Сей-то Олегъ мечемъ крамолу ковалъ и стрѣлы по землѣ сѣялъ. Онъ ступалъ въ золотое стремя въ городѣ Тмутороканѣ; звукъ побѣдъ его слышалъ старый великiй Ярославъ сынъ Всеволодовъ: но Владимiръ запыкалъ себѣ уши всякое утро въ Черниговѣ; Бориса же Вячеславича слава |

---

своими довольствоваться владѣнiемъ Чернигова, Сѣверы, Вятичей, Мурома и Тмутараканн, которыя состояли за отцемъ его.

(т) Князь Ярославъ, сынъ Князя Всеволода Ольговича, съ 1174 по 1200 годъ Княжествомъ Черниговскимъ обладавшiй.

(у) Князь Владимiръ Всеволодовичь, бывшiй потомъ Великимъ Княземъ Кiевскимъ и проименованiе Мономаха получившiй, въ 1094 году лишась Черниговскаго Престола отъ вышеупомянутаго Тмутараканскаго Князя Олега Святославича, принужденъ былъ остаться на удѣлѣ въ Переяславлѣ.

(ф) Сей Борисъ по Ростовской и Никоновской лѣтописямъ Вячеславичемъ, а у Нестора и Татищева Святославичемъ названъ, и въ поколѣнной F. росписи Г. Стриттера Исторiи Россiйскаго

на судъ приведе, и на каниму зелену паполому постла, за обиду Олгову храбра и млада Князя. Съ тояже Каялы Святополкъ (х) повелѣя отца своего между Угорскими иноходьцы ко Святѣй Софіи къ Кіеву. Тогда при Олзѣ Гориславличи (ц) сѣяшется и растяшеть усобицами; погибашеть жизнь

на судъ привела, онъ положенъ на конскую попону зеленую за обиду молодаго храбраго Князя Олега. Съ той же Каялы велъ Святополкъ войски отца своего сквозь Венгерскую конницу въ Кіевѣ ко святой Софіи. Тогда при Олегѣ Гориславичѣ сѣялись и возрастали междоусобія, была гибель

---

Государства въ 7 степени показанъ Борисомъ Вячеславичемъ. Но по чему онъ призыванъ былъ на судъ Великаго Князя, Лѣтописи о семъ умолчали.

 Обрядъ же съѣздовъ для суда Татищевъ (Исторіи своей въ Томѣ 2. на стр. 195 и 196) извясняетъ слѣдующимъ образомъ: что обвиняемый призыванъ былъ въ шатеръ, гдѣ всѣ Князья сидѣли на коврѣ, и по обыкновенномъ поздравленіи сажали его на такой же коверъ. По томъ всѣ Князья вышедъ изъ шатра, садились на коней, и раздѣлясь, каждой Князь особо разсуждалъ съ своими Боярами, а судимый оставался одинъ, по тому что никто его къ себѣ не допускалъ.

(х) Пять исчисляется Святополковъ; до котораго же изъ нихъ касается сіе обстоятельство, ничѣмъ не объяснено.

(ц) Неизвѣстенъ.

*Дажд-Божа* (т) *внука, въ Княжихъ крамолахъ вѣци человѣкомъ скратишась. Тогда по Рускои земли рѣтко ратаевѣ кихахуть: нъ часто врани граяхуть, трупіа себѣ дѣляче; а галици свою рѣчь говоряхуть, хотять полетѣти на уедіе. То было въ ты рати, и въ ты плъкы; а сице и рати не слышано: съ заранія до вечера, съ вечера до свѣта летятъ стрѣлы каленыя; гримлютъ сабли о шеломы; трещатъ копіа харалужныя, въ полѣ незнаемѣ среди земли Половецкыи. Чръна земля подъ копыты, костьми*

Даждь-Божевымъ внукамъ, жизнь людей въ Княжескихъ ссорахъ прекращалася, и въ Рускои землѣ рѣдко весѣліе земледѣльцовъ раздавалося: но часто каркали вороны, дѣля между собою трупы; галки же отлетая на мѣсто покормки, перекликалися. Такъ бывало во время прежнихъ браней и отъ тогдашнихъ войскъ; а такого сраженія еще и не слыхано, чтобъ съ утра до вечера, съ вечера до свѣта летали стрѣлы каленыя, гремѣли сабли объ шлемы, трещали копья булатныя, въ полѣ незнаемомъ среди земли Половецкой. Черная земля подъ копытами

---

(т) Кумиръ, въ Кіевѣ боготворимый, — податель всякихъ благъ. Пользующіеся благоденствіемъ, какъ даромъ Даждь-божевымъ, названы его внуками.

была посѣяна, а кровію польяна; тугою взыдоша по Руской земли. Что ми шумить, что ми звенить давеча рано предъ зорями? Игорь плъки заворочаетъ: жаль бо ему мила брата Всеволода. Бишася день, бишася другый: третьяго дни къ полудвію падоша стязи Игоревы. Ту ся брата разлучиста на брезѣ быстрой Каялы. Ту кроваваго вина недоста; ту пиръ докончаша храбріи Русичи: сваты попоиша, а сами полегоша за землю Рускую (ш) Ничить трава жало-

костьми была посѣяна, а кровію полита, и по всей Русской землѣ возрасла бѣда. Но что за шумъ, что за звукъ такъ рано, до зари утренней? Игорь двигнулся съ своими полками: жаль ему милаго брата Всеволода. Билися день, бились другой, а на третій передъ полуднемъ пали знамена Игоревы. Тутъ братья разлучились на берегу быстрой Каялы. Не достало у нихъ вина кроваваго; храбрые Руссы тамъ пиръ свой кончили, сватовъ попоили, а сами полегли за землю Русскую. Увяла трава отъ жалости, наклонились

(ш) Половцы возгордясь побѣдою и взятіемъ въ плѣнъ Игоря съ товарищи, прислали къ Великому Князю Святославу купцовъ Русскихъ съ росписью, сколько за кого требовали окупа. За Игоря положили они цѣну по тогдашнему времени несносную, а именно 2000 гривенъ (фунтовъ) серебра; и хотя Великій Князь Кіевскій, любя его, хотѣлъ выкупить, но Половцы никако на сіе не согла-

щами, а древо стугою къ земли преклонилось. Уже бо, братіе, не веселая година встала, уже пустыни силу прикрыла. Встала обида въ силахъ Дажъ - Божа внука. Вступилъ дѣвою на землю Трояню; всплескала лебедиными крылы на синемъ море у Дону плещучи, убуди жирня времена. Усобица Княземъ на поганыя погыбе, рекоста бо братъ брату: се мое, а то моеже; и начяша Князи про малое, се великое млъвити, а сами на себѣ крамолу ковати: а поганіи съ всѣхъ странъ прихождаху съ побѣдами на землю Рускую О! да-

деревья отъ печали. Невеселая уже, братцы, пора пришла: пала въ пустынѣ сила многая, возстала обида Даждь - Божевымъ внукамъ. Она вступивъ дѣвою на землю Троянову, восплескала крылами лебедиными, на синемъ морѣ у Дону купаючись, разбудила времена тяжкія: Перестали Князья нападать на невѣрныхъ, братъ брату сталъ говорить: „сіе мое, и то моеже„ Начали Князья за малое, какъ будто бы за великое, сориться и сами на себя крамолу ковать. Тѣмъ временемъ нечестивые со всѣхъ сторонъ стекалися на одолѣніе Русской земли. О!

шались какъ требуя, дабы прежде младшіе Князья всѣ и Воеводы были выкуплены по назначенной въ росписи цѣнѣ. — *Татище* III. стр. 266, 269.

лете зайде соколъ, птиць бья къ морю: а Игорева храбраго плъку не кръсити (щ). За нимъ кликну Карна и Жля (ѣ), поскочи по Руской земли, смагу (ы) мычючи въ пламянъ розѣ Жены Рускія всплакашась аркучи: уже намъ своихъ милыхъ ладъ ни мыслію смыслити, ни думою сдумати, ни очима съглядати, а злата и сребра ни мало того потрепати. А евстона бо, братіе, Кіевъ тугою, а Черниговъ напастьми; тоска разліяся по Руской земли; печаль жирна тече средь земли

далеко залетѣлъ ты соколъ, побивая птицъ у моря; а Игорева храбраго войска уже не воскресити! Воскликнули тогда Карня и Жля, и прискакавъ въ землю Русскую стали томить людей огнемъ и мечемъ. Зарыдали путъ жены Русскія, приговаривая: „уже намъ объ ми-„лыхъ своихъ ни мыслію „взмыслити, ни думою взду-„мати, ни глазами ихъ уви-„дѣть, а золота и серебра не „возвратить„. Возстеналъ братцы, Кіевъ отъ печали, а Черниговъ отъ напасти; разлилась тоска по всей Русской земли; тяжкая пе-

---

( щ ) Ясное здѣсь знаменованіе глагола крешу доказываетъ, что слово Воскресеніе точно отъ того происходитъ.

( ѣ ) Карня и Жля предводители хищныхъ Половцевъ, безъ милосердія разорявшихъ тогда землю Русскую.

( ы ) Смага, Малороссійское названіе, жажда, и отъ того говорится: сохнетъ, смягнетъ во рту.

Рускый; а Князи сами на себѣ крамолу коваху; а погании сами побѣдами нарищуще на Рускую землю, емляху дань по бѣлѣ отъ двора. Тіи бо два храбрая Святьславлича, Игорь и Всеволодъ уже лжу убуди, которую то бяше усипилъ отецъ ихъ Святьславъ грозный Великый Кіевскый. Грозою бяшеть; притрепеталъ своими сильными плъкы и харалужными мечи; наступи на землю Половецкую; притопта хлъми и яругы; взмути рѣки и озеры; иссуши потокы и болота, а поганаго Кобяка (ѣ) изъ

чалъ постигла Русскихъ людей. Князья между собой враждовали, а нечестивые рыская по землѣ Русской, брали дань по бѣлкѣ со двора. Сіи - то два храбрые Святославичи, Игорь и Всеволодъ, возобновили злобу, которую прекратилъ было отецъ ихъ, грозный Святославъ, Великій Князь Кіевскій. Онъ былъ страшенъ всѣмъ, отъ сильнаго воинства и отъ булатныхъ мечей его всѣ трепетали, наступилъ онъ на землю Половецкую, притопталъ холмы и буераки, помутилъ воду въ рѣкахъ и озерахъ, изсушилъ источники и болота, а нечестиваго Кобяка изъ луки мор-

(ѣ) Кобякъ Князь Половецкій, котораго Великій Князь Святославъ III. въ 1184 году не подалеку рѣки Орла побѣдилъ на сраженіи, взялъ его самаго въ плѣнъ съ двумя сыновьями и съ другими Князьями и семь тысячъ войска его.

луку (ѣ) моря отъ желѣзныхъ великихъ плъковъ Половецкихъ, яко вихрь выторже: и падеся Кобякъ въ градѣ Кіевѣ, въ гриднице Свянтѣславли. Ту Нѣмци и Венедици, ту Греци и Морава поютъ славу Свянтѣславлю кають Князя Игоря, иже погрузи жиръ во днѣ Каялы рѣкы Половецкія, Рускаго злата насыпаша. Ту Игорь Князь высѣдѣ изъ сѣдла злата, а въ сѣдло Кощіево (э); уныша бо градомъ забралы, а веселіе пониче. А

ской, изъ средины желѣзныхъ великихъ полковъ Половецкихъ, подобно вихрю, исторгнулъ; и очутился Кобякъ въ городѣ Кіевѣ во дворцѣ Святославовомъ. Тамъ Нѣмцы и Венеціане, тамъ Греки и Моравцы воспѣваютъ славу Святославу и охуждаютъ Князя Игоря, погрузившаго силу на дно Каялы, рѣки Половецкія, и потопившаго въ ней Руское золото. Тогда Игорь Князь изъ своего золотаго сѣдла пересѣлъ въ сѣдло Кащеево. Уныли въ то время городскія стѣны, помрачилося веселіе. Святославу же

---

(ѣ) *Лука*, кривизна, излучина.

(э) О *Кощеѣ* упоминается въ Исторіи Татищева Том. III. на стр. 159: что онъ въ 1168 году, когда Великій Князь Мстиславъ II отправился съ войскомъ противъ Половцевъ, перебѣжалъ къ нимъ и предварилъ ихъ о семъ наступленіи.

Святославъ (ю) мутенъ сонъ видѣ въ Кіевѣ на горахъ въ ночь съ вечера одѣвахуте мя, рече, چрьною паполомою, на кроваты тисовѣ. Чрьлахуть ми синее вино съ трудомь смѣшено; сыпахутьми тощими тулы поганыхъ тльковинъ великый женчюгь на лоно, и нѣгуютъ мя; уже дьскы безъ кнѣса въмоемъ теремѣ златоврьсѣмъ. Всю нощь съ вечера босуви врани възграяху, у Плѣсньска (л) на болони (о) бѣша дебрь Ки-

худой сонъ привидѣлся: „на горахъ Кіевскихъ въ ночь сію съ вечера одѣвали вы меня ( онъ Боярамъ разсказывалъ) чернымъ покровомъ на тесовой кровати; подносили мнѣ синее вино съ ядомъ смѣшанное; сыпали изъ пустыхъ колчановъ на лоно мое крупный жемчугъ въ нечистыхъ раковинахъ, и меня нѣжили. На златоверхомъ моемъ теремѣ будтобъ всѣ доски безъ верхней перекладины; будтобъ во всю ночь съ вечера до свѣта вороны каркали, усѣвшись у Плѣнска на выгонѣ въ дебри

---

( ю ) Великій Князь Святославъ III, сынъ Всеволода II, обладавшій Кіевомъ во время случившагося съ Княземъ Игоремъ нещастія.

( л ) Городъ Галическаго Княженія, смежный съ Владимірскимъ на Волынѣ — *Татищ. Часть III. стр. 287 и 288.*

( о ) Болтинъ въ критич. примѣч. на 2 Томѣ Исторіи Кн. Щербатова на стр. 194 и 195 извѣщаетъ: „Болонье значитъ порожжее

саню, и не сошлю къ синему морю. И ркоша бояре Князю: уже Княже туга умъ полонила; се бо два сокола слѣтѣста съ отня стола злата, поискати града Тьмутороканя (v), а любо испити шеломомъ Дону. Уже соколома крильца припѣшали поганыхъ саблями, а самаю опустоша въ путины желѣзны.

Кисановой, и не полетѣли къ морю синему. „Бояре Князю отвѣчали• „одолѣла печаль умы наши! сонъ сей значитъ: что слетѣли два сокола съ золотаго родительскаго Престола доставать города Тьмутаракани, или шлемомъ изъ Дона напиться воды, и что тѣмъ соколамъ обрублены крылья саблями нечестивыхъ, и сами они попались въ опушины желѣзныя,,.

„пространство между валовъ, окрестность города составляющихъ, которое служило для выгону скота, для огородовъ, а „иногда и нѣкоторые строенія бывали тамъ дѣланы,, — Въ Кіевѣ, въ Нижнемъ городѣ выгонная за валомъ земля, по дорогѣ къ бывшему Межигорскому монастырю, и по нынѣ называется Оболонье.

(v) Тьмутараканское Княженіе до тѣхъ только поръ состояло въ полной власти и принадлежало Россіи, пока единоначаліе имѣло еще нѣкоторую силу; но какъ скоро междоусобія и неподчиненность удѣльныхъ Князей къ первопрестольному Кіевскому Князю превзошли мѣру, то Половцы, усилившись отъ сихъ несогласій, завладѣли Тьмутараканью. — Смотри Истор. Изслѣд. о Тьмутараканскомъ Княженіи, печат. въ С. Петербургѣ 1794.

Темно бо бѣ въ г҃ день: два солнца помѣркоста, оба багряная стлъпа погасоста, и съ нимъ молодая мѣсяца, Олегъ и Святъславъ тъмою ся поволокоста. На рѣцѣ на Каялѣ тьма свѣтъ покрыла: по Руской земли простроша ся Половци, аки пардуже гнѣздо, и въ морѣ погрузиста, и великое буйство подасть Хинови. Уже снесеся хула на хвалу; уже тресну нужда на волю; уже връжеса дивь на землю. Се бо Готскія (а) красныя дѣвы въспѣша на брезѣ синему морю. Звоня Рускымъ златомъ, поютъ время Бу-

Темно стало на третій день: два солнца померкли, оба багряные столпа погасли, а съ ними и молодые мѣсяцы, Олегъ и Святославъ, поирачилися. На рѣкѣ Каялѣ свѣтъ въ тьму превратился; разсыпались Половцы по Русской землѣ, какъ леопарды изъ логовища вышедшіе; погрузили въ безднѣ силу Русскую и придали Хану ихъ великое буйство. Уже хула превзошла хвалу; уже насиліе возстало на вольность; уже филинъ спустился на землю. Раздаются пѣсни Готфскихъ красныхъ дѣвицъ по берегамъ моря синяго. Звеня Русскимъ золотовъ, воспѣваютъ онѣ времена Бу-

---

(а) По какой связи сія одержанная Половцами побѣда могла доставить Готфскимъ дѣвамъ Русское золото, сообразить не возможно.

26

сово, лелѣютъ месть Ша-
роканю (6). А мы уже
дружина жадни веселія.
Тогда Великій Святславъ
изрони злато слово слеза-
ми смѣшено, и рече: о
моя сыновчя Игорю и Все-
володе! рано еста начала
Половецкую землю мечи
цвѣлити, а себѣ славы
искати. Нъ нечестно одо-
лѣсте: нечестно бо кровь
поганую проліясте. Ваю
храбрая сердца въ жесто-
цемъ харалузѣ скована,
а въ буести закалена. Се ли
створисте моей сребреней
сѣдинѣ! А уже не вижу
власти сильнаго, и богата-
го и многовои брата моего

совы, славятъ мщеніе Шу-
ракановo. А намъ уже, брат-
цы, нѣтъ веселія! Тогда
Великій Князь Святославъ
вымолвилъ золотое слово,
со слезами смѣшанное: ,,О!
,,кровные мои, Игорь и Всево-
,,лодъ! рано вы начали вое-
,,вать землю Половецкую, а
,,себѣ славы искать. Нечест-
,,но ваше одолѣніе, не пра-
,,ведно пролита вами кровь не-
,,пріятельская. Ваши храбрыя
,,сердца изъ крѣпкаго булата
,,скованы и въ буйствѣ зака-
,,лены. Сего ли я ожидалъ отъ
,,васъ при сребристой сѣ-
,,динѣ моей! Я уже не вижу
,,власти сильнаго, богатаго
,,и многовойнаго брата моего

---

(6) Кто былъ Бусъ, не извѣстно; а о Шураканѣ, въ лѣтописяхъ
подъ 1107 годомъ упоминается, что по имени сего Князя
названъ былъ Половецкій на рѣкѣ Донцѣ городъ, съ котораго
въ 1111 году Русскіе взяли окупъ. Татищ. часть. II стран. 204.

Ярослаѕа съ Черниговьски-
ми былями, съ Могуты и
съ Татраны и съ Шельбиры,
и съ Толчакы, исъ Ревугы,
и съ Ольберы. Тіи бо бес щи-
товъ съ засапожники кли-
комъ плъкы побѣждаютъ,
звонячи въ прадѣднюю сла-
ву. Нъ рекосте му жа имѣ-
ся сами, преднюю славу
сами похитимъ, а заднюю
ся сами подѣлимъ. А чи
диво ся братіе стару по-
молодити? Коли соколъ
въ мытехъ бываетъ, вы-
соко птицъ възбиваетъ;
не дастъ гнѣзда своего въ
обиду. Нъ се зло Княже
ми не пособіе; на ниче
ся годины обратиша. Се
Уримъ (\*) кричатъ подъ
саблями Половецкыми, а

„Ярослава съ Черниговскими
„Боярами, съ Могутами и съ
„Татранами, съ Шелбирами
„и съ Топчаками, съ Ревугами
„и съ Ольберами. Они безъ
„щитовъ съ кинжалами, од-
„нимъ крикомъ побѣждаютъ
„войска, гремя славою пра-
„дѣдовъ. Не говорятъ они,
„мы де сами предстоящую
„славу похитимъ, а про-
„шедшею съ другими подѣ-
„лимся. Но мудрено ли, брат-
„цы, и старому помолодѣть?
„Когда соколъ перелиняетъ,
„тогда онъ птицъ высоко
„загоняетъ и не дастъ въ
„обиду гнѣзда своего. Но то
„бѣда, что мнѣ Князья не въ
„пособіе, время все переинани-
„ло,,. Уже кричитъ Уримъ
подъ саблями Половецкими, а

---

(\*) Одинъ изъ Воеводъ, или изъ союзниковъ Князя Игоря, въ семъ
сраженіи участвовавшій.

*Володимірѣ подъ ранами. Туга и тоска сыну Глѣбову (г). Великый Княже Всеволоде (д)! не мыслю ти прелетѣти издалеча, отня злата стола поблюсти? Ты бо можеши Волгу веслы раскропити, а Донъ шеломы выльяти. Аже бы ты былъ, то была бы Чага по ногатѣ, а Кощей (е) по резанѣ (ж).*

Володимірь подъ ранами. Горе и печаль сыну Глѣбову! О великій Князь Всеволодъ! почто не помыслишь ты прилетѣть издалека для защиты отеческаго золотаго Престола? Ты можешь Волгу веслами разбрызгать, а Донъ шлемами вычерпать. Когда бы ты здѣсь былъ, тобъ были Чага по ногатѣ, а Кощей по резани. Ты можешь

---

(г) Кого сочинитель сей поэмы разумѣетъ подъ именемъ сына Глѣбова, рѣшительно сказать не льзя ; ибо изъ современниковъ сему произшествію сыновья, отъ Князей Глѣбовыхъ рожденные, были : *Владимірь*, сынъ Князя Глѣба Юрьевича, княжившаго въ Переяславлѣ; *Ростиславъ*, сынъ Князя Глѣба Всеславича, княжившаго въ Полоцкѣ; *Романъ*, сынъ Князя Глѣба Ростиславича, княжившаго въ Рязанѣ.

(д) Сіе относится къ Великому Князю *Всеволоду* III сыну Князя *Ольга Святославича* Тьмутараканскаго.

(е) О *Кощеѣ* предъ симъ уже упомянуто; а *Чага* уповательно тоже что и *Кончакъ* Князь Половецкій ( о коемъ ниже упомянется) уменьшительнымъ либо презрительнымъ именемъ названный.

(ж) *Ногата* ходячая монета, коихъ въ кунѣ было 4, а въ гривнѣ кунами 80. — *Рязань* также самая мѣлкая монета изъ ходячихъ, и по соображенію кажется состояло ихъ въ векошѣ 4, а векошей въ ногатѣ 2. — *Правда Русская* стр. 18.

Ты бо можеши посуху живыми шереширы (з) стрѣляти удалыми сыны Глѣбовы. Ты буй Рюриче и Давыде (и), не ваю ли злачеными шеломы по крови плаваша? Не ваю ли храбрая дружина рыкают акы тури, ранены саблями калеными, на полѣ незнаемѣ? Вступикта Господина въ злата стремень за обиду сего

на сухомъ пути живыми шереширами стрѣлять чрезъ удалыхъ сыновъ Глѣбовыхъ. О вы храбрые Рюрикъ и Давидъ! Не ваши ли позлащенные шлемы въ крови плавали? Не ваша ли храбрая дружина рыкаетъ, подобно воламъ израненымъ саблями булатными въ полѣ незнаемомъ? Вступите, Государи, въ свои златыя стремена за обиду сего времени, за

---

(з) Неизвѣстный уже нынѣ воинскій снарядъ. Можетъ быть, родъ пращи, которою каменья метали, или какое либо огнестрѣльное орудіе; ибо въ Лѣтописяхъ сего времени упоминается: „что „въ 1185 году Концакъ Князь Половецкій собравъ войско вели-„кое, пошелъ на предѣлы Русскіе, имѣя съ собою мужа умѣюща-„го стрѣлять огнемъ, у коего были самострѣльныя туги такъ „велики, что едва восемь человѣкъ могли натягивать, и укрѣ-„пленъ былъ на возу великомъ, чѣмъ онъ могъ бросать и ка-„менія въ средину града въ подъемъ человѣку: а для метанія „огня имѣлъ особый малѣйшій возъ.— *Татищ*. Часть III. стр. 259.

(и) Современные сему произшествію Князья *Рюрикъ* и *Давыдъ*, сыновья Великаго Князя *Ростислава Мстиславича*.

еремени, за землю Русскую, за раны Игоревы, буего Святславлича! Галичкы Осмомысле Ярославе (i) высоко седиши на своем златокованнѣмъ столѣ. Подперъ горы Угорскыи своими желѣзными плъки, заступивъ Королеви путь, затвори въ Дунаю ворота, меча бремены чрезъ облаки, суды ряда до Дуная. Грозы твоя по землямъ текутъ; оттворяеши Кіеву врата; стрѣляеши съ отня злата стола Салтани за землями. Стрѣляй Господине Кончака, поганого Кощея за землю Русскую, за раны Игоревы буего Свѧтславлича.

землю Русскую, за раны Игоря, храбраго Свѧтославича. А ты Осмомыслѣ Ярославъ Галицкій! высоко сидишь на своемъ златокованномъ Престолѣ. Ты подперъ горы Венгерскія своими полками желѣзными, ты заградилъ путь Королю, ты затворилъ Дунаю ворота, бросая тягости чрезъ облака, и простиралъ власть свою до той рѣки! Грозное имя твое разнеслось по всѣмъ землямъ; отверзтъ тебѣ путь къ Кіеву, стрѣляешь ты съ отеческаго золотаго Престола на Солтановъ въ земли дальнія. Стрѣляй, о Государь! въ Кончака и въ невѣрнаго Кощея за землю Русскую, за раны храбраго Игоря Свѧтославича.

───────────────

(i) Князь *Ярославъ*, сынъ Князя Владимiра Володарича Галичскаго.

31

А ты буй Романе и Мстиславе (к)! храбрая мысль носитъ васъ умъ на дѣло. Высоко плаваеши на дѣло въ буести, яко соколъ на вѣтрехъ ширяяся, хотя птицу въ буйствѣ одолѣти. Суть бо у ваю

А вы, о храбрые Романъ и Мстиславъ! ваша мысль твердая возноситъ умъ на подвиги. Вы отважно возвышаетесь въ предпріятіяхъ своихъ подобно соколу, на вѣтрехъ ширящемуся и къ одолѣнію птицы быстро стремящемуся. У васъ латы

---

(к.) Великій Князь Романъ, сынъ Великаго Князя Ростислава Мстиславича Сей Князь въ 1173 году, въ продолженіе войны своей противъ Литвы, такой страхъ и опустошеніе распространилъ тамъ, что никто не смѣлъ противостать ему. Литовцы бѣгая отъ него, укрывались въ лѣсахъ. По возвращеніи изъ похода своего, множество плѣнныхъ роздалъ онъ по селамъ въ работы и приказалъ ими пахать. Отъ сего произошла въ Литвѣ пословица: зле, Романе! робишь, что Литвиномъ орешь. Татищ. Часть III. стр. 183.

Подъ именемъ же Мстислава здѣсь разумѣть должно Князя Мстислава Ростиславича, роднаго брата вышепомянутому Князю Роману. Онъ равномѣрно явилъ опыты храбрости своей противъ Великаго Князя Андрея Юрьевича Боголюбскаго. Ибо осажденъ будучи въ Вышеградѣ многочисленнымъ войскомъ и находясь въ крайней опасности, такъ благоразумно и отважно принялъ свои мѣры, что войско непріятелей своихъ, въ которомъ находилось до двадцати союзныхъ Князей, разбилъ и прогналъ.

32

желѣзныи папорзи подъ шеломы латинскими. Тѣми тресну земля, и многи страны Хинова. Литва, Ятвязи, Деремела, и Половци сулици своя повръгоша, а главы своя поклониша подъ тыи мечи харалужныи. Нъ уже Княже Игорю, утрпѣ солнцю свѣтъ, а древо не бологомъ листвіе срони: по Рсіи, по Сули гради подѣлиша; а Игорева храбраго плъку не кресити. Донъ ти Княже кличетъ, и зоветь Князи на побѣду. Олговичи ( л ) храбрыи Князи доспѣли на брань. Инъгварь и Всеволодъ, и вси три Мстиславичи ( м ), не худа гнѣзда

желѣзныя подъ шлемами Латинскими. Потряслась отъ нихъ земля, и многія страны Ханскія. Литва, Ятвяги, Деремела и Половцы повергнувъ свои копья, подклонили свои головы подъ тѣ мечи булатные. Но для Князя Игоря помрачился уже свѣтъ солнечный; не отъ добра опали съ деревъ листы. По Роси и по Сулѣ города въ раздѣлъ пошли; а Игореву храброму полку не воскреснути! О Князь! Донъ тебя кличетъ и Князей на побѣду созываетъ. Храбрые Князи Ольговичи на брань поспѣшили. Ингварь и Всеволодъ, и всѣ трое Мстиславичи, не худаго

(л) Князья, отъ Князя Олыа Сѣятославича поколѣніе свое ведущіе.

(м) Потомки Великаго Князя Мстислава Владиміровича, Мономахова сына. У Мстислава было пять сыновей.

шестокрилци, непобѣдными жребіи собѣ власти расхытисте? Кое ваши златыи шеломы и сулицы Ляцкіи и щиты! Загородите полю ворота своими острыми стрѣлами за землю Русскую, за раны Игоревы буего Святѣславлича. Уже бо Сула не течетъ сребреными струями къ граду Переяславлю, и Двина болотомъ течетъ онымъ грознымъ Полочаномъ подъ кликомъ поганыхъ. Единъ же Изяславъ (н) сынъ Васильковъ позвони своими острыми мечи о шеломы Литовскія; притрепа славу дѣду своему Всеславу, а самъ подъ чрълеными щиты на кро-

гнѣзда шестокрилицы, не побѣдаииль жребій власти вы себѣ доставили? Къ чему же вамъ золотые шлемы, копья и щиты Польскіе! Заградите въ поле ворота стрѣлами своими острыми, вступипесь за землю Русскую, за раны храбраго Игоря Святославича. Уже Сула не течетъ серебристыми струями къ городу Переяславлю; Двина уже болотомъ течетъ къ тѣмъ грознымъ Половчанамъ при восклицаніи нечестивыхъ. Одинъ только Изьяславъ сынъ Васильковъ позвенѣлъ своими острыми мечами по шлемамъ Литовскимъ; помрачилъ славу дѣда своего Всеслава, и самъ подъ багряными щитами на

---

(н) О бѣдственной участи Князя Изяслава лѣтописатели Русскіе умолчали.

## 34

вавѣ травѣ притрепанъ Литовскыми мечи. И схоти ю на кровать, и рекъ: дружину твою, Княже, птиць крилы пріодѣ, а звѣри кровь полизаша. Не бысь ту брата Брячяслава, ни другаго Всеволода; единъ же изрони жемчюжну душу изъ храбра тѣла, чресъ злато ожереліе. Уныли голоси, пониче веселіе. Трубы трубятъ Городеньскіи. Ярославе, и вси внуце Всеславли ( о ) уже понизить стязи свои, вонзить свои мечи вережени; уже бо выскочисте изъ дѣдней

окровавленной травѣ погибъ отъ мечей Литовскихъ. На семъ - то одрѣ лежа, произнесъ онъ: „Дружину твою, „Князь, птицы пріодѣли „крыльями, а звѣри кровь „полизали,". Не было тутъ братьевъ ни *Брячислава*, ни *Всеволода*; онъ одинъ испустилъ жемчужную свою душу чрезъ золотое ожерелье изъ храбраго тѣла. Уныли голоса; поникло веселіе. Затрубили трубы Городенскія. О *Ярославъ* и всѣ внуки Всеславовы! теперь приклоните вы свои знамена, вложите въ ножны мечи ваши поврежденные; далеко уже отстали вы

---

( о ) Много было внуковъ Всеславовыхъ : *Рогволдъ* сынъ Князя Бориса Всеславича, имѣвшій удѣлъ въ Полоцкѣ. *Володарь* и *Ростиславъ*, сыновья Глѣба Всеславича: первый шакѣже удѣломъ въ Полоцкѣ пользовался, а другой въ Минскѣ. *Брячиславъ* сынъ Князя Мстислава Всеславича, и *Всеславъ* сынъ Князя Давыда Всеславича.

славѣ. Вы бо своими крамолами начясте наводити поганыя на землю Рускую, на жизнь Всеславлю. Которое бо бѣше насиліе отъ земли Половецкыи? На седьмомъ вѣцѣ Трояни връже Всеславъ жребіи о дѣвицю себѣ любу. Тъй клюками подпрѣся о кони, и скочи къ граду Кыеву, и дотчеся стружіемъ злата стола Кіевскаго. Скочи отъ нихъ лютымъ звѣремъ въ плъночи, изъ Бѣла-града, обѣсися синѣ мьглѣ, утръ же воззни стрикусы (л) оттвори врата Нову-граду, разшибе славу Ярославу, скочи влъкомъ до Немиги съ Дудутокъ.

отъ славы дѣда вашего. Вы своими крамолами начали наводить невѣрныхъ на землю Русскую, на жизнь Всеславову. Былоль какое насиліе отъ земли Половецкой? На седьмомъ вѣкѣ Трояновомъ метнулъ Всеславъ жребій милой ему дѣвицѣ. Онъ подпершись клюками сѣлъ на коней, поскакалъ къ городу Кіеву и коснулся древкомъ копья своего до золотаго престола Кіевскаго; потомъ побѣжалъ онъ лютымъ звѣремъ въ полуночи изъ Бѣла-города, закрывшись мглою синею; по утру же вонзивъ стрикусы, отворилъ онъ ворота Новгородскія, попралъ славу Ярослава, и съ Дудутокъ пустился какъ волкъ до Немиги.

(л) По смыслу рѣчи стрикусъ не иное что какъ стѣннобитное орудіе, или родъ тарана, при осадѣ городскихъ воротъ употребляемаго.

## 36

На Немизѣ (р) снопы стелютъ головами, молотятъ чепи харалужными, на тоцѣ животъ кладутъ, вѣютъ душу отъ тѣла. Немизѣ кровави брезѣ не вологомъ бяхуть посѣяни, посѣяни костьми Рускихъ сыновъ. Всеславъ Князь людемъ суддше, Княземъ грады рядяше, а самъ въ ночь влѣкомъ рыскаше; изъ Кыева дорискаше до Куръ Тмутороканя; великому хръсови влѣкомъ путь прерыскаше (с). Тому въ Полотскѣ позвониша заутренюю рано у Святыя Софеи въ колоколы: а онъ въ Кыевѣ звонъ слыша. Аще и вѣща душа

На Немегѣ вмѣсто сноповъ стелютъ головы, молотятъ цѣпами булатными, на токѣ жизнь кладутъ, и вѣютъ душу отъ тѣла. Окровавленные Немигскіе берега не былѣсь были засѣяны, засѣяны костьми Русскихъ сыновъ. Князь Всеславъ людей судилъ, Князьямъ города раздавалъ, а самъ по ночамъ какъ волкъ рыскалъ изъ Кыва до Курска и до Тиуторакани. Для него въ Полоцкѣ рано позвонили въ колокола къ заутрени у Святой Софіи: а онъ въ Кіевѣ звонъ слышалъ. Хотя и мудрая была душа въ неупоминомъ

---

(р) Немига, что нынѣ Нѣмень, между Минска и Полоцка. — Татищ. II, Част. 119 стр.

(с) Не вразумительно.

въ друзѣ тѣлѣ, нъ часто бѣды страдаше. Тому вѣщей Боянъ и пръвое припѣвку смысленый рече: ни хытру, ни горазду, ни птицю горазду, суда Божіа не минути (т). О! стонати Руской земли, помянувше пръвую годину, и пръвыхъ Князей. Того стараго Владиміра не льзѣ бѣ пригвоздити къ горамъ Кіевскимъ: сего бо ныне сташа стязи Рюриковы, а друзіи Давидовы; нъ рози нося имъ хоботы пашутъ, копіа поютъ на Дунаи.

Ярославнынъ гласъ слышитъ: зегзицею незнаемъ, рано кычетъ: поле-

его тѣлѣ, но онъ часто отъ бѣдъ страдалъ. Для такихъ-то мудрый Боянъ издавна составилъ сей разумный припѣвъ: „какъ бы кто „хитръ, какъ бы кто уменъ „ни былъ, хоть бы шпицей „леталъ, но суда Божія не „минетъ„. О! стонать тебѣ, земля Русская, вспоминая прежнія времена и прежнихъ Князей своихъ. Стараго *Владиміра* не льзя было приковать къ горамъ Кіевскимъ. Теперь знамена его достались одни *Рюрику*, а другія *Давыду*; ихъ носятъ на рогахъ, вспахивая землю; копья же на Дунаѣ славятся

Ярославнинъ голосъ слышится; она, какъ оставленная горлица, по утрамъ воркуетъ: „полечу

(т) Вѣроятно что сей припѣвъ подлинникомъ внесенъ сюда изъ Бояновыхъ пѣсней.

## 38

тю, рече, зегзицею по
Дунаеви; омочю бебрянъ
рукавъ въ Каялѣ рѣцѣ,
утру Князю кровавыя его
раны на жестоцѣмъ его
тѣлѣ. Ярославна (у) рано плачетъ въ Путивлѣ на
забралѣ, аркучи: о вѣтрѣ!
вѣтрило! чему Господине
насильно вѣеши? Чему мычеши Хиновьскыя стрѣлкы
на своею не трудною крилцю на моея лады вои?
Мало ли ти бяшетъ горѣ
подъ облакы вѣяти, лелѣючи корабли на синѣ морѣ? Чему Господине мое
веселіе по ковылію развѣя?
Ярославна рано плачетъ
Путивлю городу на заборолѣ, аркучи: о Днепре

„я, говоритъ, горлицею
„по Дунаю, обмочу боб-
„ровой рукавъ въ рѣкѣ Кая-
„лѣ, обошру Князю крова-
„выя раны на твердомъ его
„тѣлѣ.„ Ярославна по утру
плачетъ въ Путивлѣ на городской стѣнѣ приговаривая:
„О вѣтерь! вѣтрило! къ че-
„му ты такъ сильно вѣешь?
„къ чему навѣваешь легкими
„своими крылами Хиновекія
„стрѣлы на милыхъ инѣ вои-
„новъ? или мало тебѣ горѣ
„подъ облаками? Развѣвай ты
„тамо, лелѣя корабли на си-
„немъ морѣ! Но за что развѣ-
„ялъ ты, какъ траву ковыль,
„мое веселіе?„ Ярославна по
утру плачетъ, и сидя на городской стѣнѣ въ Путивлѣ
приговариваетъ: „О славный
„Днѣпръ! ты пробилъ горы

(у) Супруга Князя Игоря Святославича, дочь Князя Ярослава
Владиміровича Галичскаго.

словутицю! ты пробилъ еси каменныя горы сквозѣ землю Половецкую. Ты лелѣллъ еси на себѣ Святославли носады до плъку Кобякова: възлелѣй господине мою ладу къ мнѣ, а быхъ неслала къ нему слезъ на море рано. Ярославна рано плачетъ къ Путивлѣ на забралѣ, аркучи: свѣтлое и тресвѣтлое слънце! всѣмъ тепло и красно еси: чему господине простре горячюю свою лучю на ладе вои? въ полѣ безводнѣ жаждею имъ лучи съпряже тугою имъ тули затче.

Прысну море полунощи; идутъ сморци мъглами; Игореви Князю Богъ путь кажетъ изъ земли Половецкой на землю Рускую,

"каменныя сквозь землю По-"ловецкую; ты носилъ на се-"бѣ Святослововы военныя "суда до стану Кобякова: "принеси же и ко мнѣ моего ми-"лаго, чтобъ непосылать мнѣ "къ нему слезъ своихъ по ут-"рамъ на море.,, Ярославна плачетъ поутру въ Путивлѣ, и сидя на городской стѣнѣ приговариваетъ: "О свѣтлое "и пресвѣтлое солнце! для "всѣхъ ты тепло и красно: "но къ чему ты такъ уперло "знойные лучи свои на милыхъ "мнѣ воиновъ? Къ чему въ полѣ "безводномъ, муча ихъ жаж-"дою, засушило ихъ луки, и "къ горести колчаны ихъ за-"крѣпило?,,

Взволновалось море въ полуночи; мгла столбомъ подымается; Князю Игорю Богъ путь кажетъ изъ земли Половецкой въ землю Русскую, къ отню злату столу. Погасоша вечеру зари: Игорь спитъ, Игорь бдитъ, Игорь мыслію поля мѣритъ отъ великаго Дону до малаго Донца. Комонь въ полуночи. Овлуръ (ф) свисну за рѣкою; велитъ Князю разумѣти. Князю Игорю не быть: кликну стукну земля; вшумѣ трава. Вежи ся Половецкіи подвизашася; а Игорь Князь поскочи горнастаемъ къ тростію, и бѣлымъ

къ золотому престолу отеческому. Погасла заря вечерняя; Игорь лежитъ, Игорь не спитъ, Игорь мысленно измѣряетъ поля отъ великаго Дона до малаго Донца. Къ полуночи приготовленъ конь. Овлуръ свиснулъ за рѣкою, чтобъ Князь догадался. Князю Игорю тамо не быть. Застонала земля, зашумѣла трава; двинулись заставы Половецкія, а Игорь Князь горностаемъ побѣжалъ къ тростнику, и бѣлымъ

---

(ф) Въ Россійскихъ лѣтописяхъ онъ названъ *Лаверъ*, чиновникъ Половецкій; его мать была Русская. Когда *Лаверъ* здѣлалъ предложеніе Князю Игорю способствовать ему въ побѣгѣ, то онъ сперва не понадѣялся на него; но послѣ будучи удостовѣренъ отъ конюшаго своего и отъ Тысяцкаго въ честности и расторопности его, согласился уйти съ нимъ. И такъ въ назначенный день Игорь напоивъ до пьяна приставленную къ нему стражу, когда всѣ погружены были въ крѣпкомъ снѣ, прошелъ тихо чрезъ Половецкія заставы, и переплывъ чрезъ рѣку, ускакалъ на приготовленномъ ему отъ *Лавра* конѣ. Татищ. Часть III стр. 270.

гоголемъ (х) на воду; свержеся на брзъ комонь, и скочи съ него босымъ влъкомъ, и потече къ лугу Донца, и полетѣ соколомъ подъ мьглами избивая гуси и лебеди, завтроку, и обѣду и ужинѣ. Коли Игорь соколомъ полетѣ, тогда Влуръ влъкомъ потече, труся собою студеную росу; претръгоста бо своя брзая комоня. Донецъ рече: Княже Игорю! не мало ти величія, а Кончаку нелюбія, а Руской земли веселіа. Игорь рече, о Донче! не мало ти величія,

гоголемъ пустился по водѣ. Онъ помчался на борзомъ конѣ, и скочивъ съ него босымъ волкомъ побѣжалъ къ лугу Донецкому; летѣлъ соколомъ подъ облаками, побивая гусей и лебедей къ завтраку, къ обѣду и къ ужину. Когда Игорь соколомъ полетѣлъ, тогда Овлуръ (Лаверъ) волкомъ побѣжалъ, отрясая съ себя росу холодную; ибо утомили они своихъ борзыхъ коней. „О! „Князь Игорь!‚‚ вѣщаетъ ему рѣка Донецъ, „не мало для „тебя славы, для Кончака „досады, а для Русской зе„мли веселія.‚‚ Игорь въ отвѣтъ къ рѣкѣ сказалъ: „О „Донецъ! не мала и для

---

(х) Красивая утка съ хохломъ питающаяся раковинами, за которыми она отмѣнно предъ прочими ныряетъ.

42

лелѣявшу Князя на влънахъ, стлавшу ему зелену траву на своихъ сребреныхъ брезѣхъ, одѣвавшу его теплыми мъглами подъ сѣнію зелену древу; стрежаше с гоголемъ на водѣ, чайцами на струяхъ, Чрьнядьми на вѣтрехъ. Не тако ли, рече, рѣка Стугна худу струю имѣя, пожръши чужи ручьи, и струги ростре на кусту? Уноши Князю Ростиславу затвори Днѣпръ темнѣ березѣ. Плачется мати Ростиславя (ц) по уноши Князи Ростиславѣ. Уныша

„тебя слава, нося Князя по „волнамъ своимъ, постилая „ему зеленую траву на сво„ихъ сребристыхъ бере„гахъ, одѣвая его теплыми „мглами подъ тѣнью дере„ва зеленаго, и охраняя его „какъ гоголя на водѣ, какъ „чайку на струяхъ, какъ „Чернядей на вѣтрахъ. Не „шакова, примолвилъ онъ, „рѣка Стугна! Она пагуб„ными струями пожираетъ „чужія ручьи, и разбиваетъ „струги у кустовъ.„ Юному Князю Ростиславу затворилъ Днѣпръ берега темныя. Плачется мать Ростиславова по юномъ Князѣ Ростиславѣ. Увяли

---

(ц) Юный Князь Ростиславъ сынъ Великаго Князя Всеволода I и Великія Княгини Анны, дочери Половецкаго Князя утонулъ на рѣкѣ Стугнѣ 1093 года, когда тамъ разбиты были Россійскія войска отъ Половцевъ.

цвѣты жалобою, и древо стугою къ земли преклонило, а не сорокы втроскоташа. На слѣду Игоревѣ ѣздитъ Гзакъ съ Кончакомъ. Тогда врани не граахуть, галици помлъкоша, сорокы не троскоташа, полозію ползоша только, дятлове тектомъ путь къ рѣцѣ кажуть, соловіи веселыми пѣсьми свѣтъ повѣдаютъ. Млъвитъ Гзакъ Кончакови: аже соколъ къ гнѣзду летитъ, соколича рострѣляевѣ своими златеными стрѣлами. Рече Кончакъ ко Гзѣ: аже соколъ къ гнѣзду летитъ, а вѣ соколца опутаевѣ красною дѣвицею (т). И рече

цвѣты отъ жалости, преклонились къ землѣ деревья отъ печали. Не сороки стрекочутъ, ѣздитъ по слѣдамъ Игоревымъ Гзакъ и Кончакъ. Тогда вороны не каркали, галки умолкли, сороки не стрекошали, но двигались только по сучьямъ; дятлы долбя, къ рѣкѣ путь показывали; соловьи веселымъ пѣніемъ свѣтъ повѣдали. Молвилъ Гзакъ Кончаку: "когда соколъ къ гнѣзду летитъ, "по мы разстрѣляемъ соколенка позолочеными своими "стрѣлами." Кончакъ Гзаку отвѣтствовалъ: "естьли "соколъ къ гнѣзду полетѣлъ, то мы опутаемъ "соколика красною дѣвицею." Въ отвѣтъ на сіе

(т) Сіи слова Половецкихъ Князей касались до Игорева сына Князя Владиміра, которой оставался еще у нихъ въ полону. Онъ

44

Гзакъ къ Кончакови: аще его опутаевѣ красною дѣвицею, ни нама будетъ сокольца, ни нама красны дѣвице, то почнутъ наю птици бити въ полѣ Половецкомъ.

Рекъ Боянъ и ходы на Святъславля пѣстворца стараго времени Ярославля Ольгова Коганя хоти: тяжко ти головы, кромѣ плечю; зло ти тѣлу, кромѣ головы: Руской земли безъ Игоря. Солнце свѣтится на небесѣ, Игорь Князь въ Руской земли. Дѣвици поютъ

Гзакъ сказалъ Кончаку: „ко-
„гда его опутаешъ красною
„дѣвицею, то не будетъ у
„насъ ни соколика, ни красной
„дѣвицы, и станутъ насъ
„бить птицы въ полѣ По-
„ловецкомъ."

Сказалъ сіе Боянъ, и о походахъ, воспѣтыхъ имъ въ прежнія времена Князей Святослава, Ярослава и Ольга сынъ кончилъ: „тяжело
„быть головѣ безъ плечъ;
„худо и тѣлу безъ головы:
„а Руской землѣ безъ Иго-
„ря." Свѣтитъ Солнце на небѣ: Игорь Князь уже въ Руской землѣ. Поютъ дѣвицы на Дунаѣ; раздаются

---

влюбился шамъ въ дочь Князя Кригака, и когда Половцы освободили его, то онъ привезши ее въ Россію, крестилъ и съ дитятею, и назвавъ Свободою, обвѣнчался съ нею. Татищ. Книга III. стр. 283.

на Дунаи. Вьются голоси чрезъ море до Кіева. Игорь ѣдетъ по Боричеву (ш) къ Святѣй Богородицѣ Пирогощей (щ). Страны

голоса ихъ чрезъ море до Кіева. Игорь ѣдетъ по Боричеву къ Пресвятой Богородицѣ Пирогощей.

---

(ш) Урочище, въ самомъ городѣ Кіевѣ находящееся, по свидѣтельству Нестора. Было оное на горѣ къ Подолу на томъ самомъ мѣстѣ, гдѣ нынѣ стоитъ церковь Андрея Первозваннаго, или близъ оной. Тутъ Владиміромъ поставленъ былъ на холмѣ идолъ Перунъ. Прежде красивое сіе мѣсто было внѣ града, и пространство между кумиромъ и Кіевомъ помѣщало множество народа для торжественныхъ жертвоприношеній стекавшагося. На сей площади былъ теремный дворецъ Велико-княжескій. Подъ самою горою Днѣпръ прежде имѣлъ свое теченіе; но по времени столько занесло оной пескомъ, что построено тутъ цѣлое предмѣстіе, Подоломъ нынѣ называемое. — См. Татищ. Кн. II. стр. 36.

(щ) Образъ Владимірской Богородицы, который нынѣ въ Успенскомъ Соборѣ въ Москвѣ возлѣ царскихъ вратъ на лѣвой сторонѣ въ кіотѣ. Его въ древности Богородицею Пирогощею называли по тому, что изъ Царь-града привезенъ былъ въ Кіевъ гостемъ, прозывавшимся Пирогощею. Великій Князь Андрей Юрьевичь Боголюбскій въ 1160 году взялъ сію Святую икону отъ отца своего Великаго Князя Юрья Владиміровича и перенесъ оную въ новопостроенный тогда на Клязмѣ городъ Владиміръ: въ Москву же оная принесена въ 1395 году, и съ тѣхъ поръ уже именуется Владимірскою. Татищ. Томъ III. стр. 97 и 127. и въ примѣчаніяхъ стр. 487.

46

ради, гради весели, пѣвше пѣснь старымъ Княземъ, а по томъ молодымъ. Пѣти слава Игорю Святъславлича. Буй туру Всеволодѣ, Владимiру Игоревичу. Здрави Князи и дружина, побарая за христьяны на поганыя плъки. Княземъ слава, а дружинѣ Аминь.

Радость въ народѣ, веселье въ городахъ. Воспѣта пѣснь Князьямъ старымъ, а потомъ молодымъ. Пѣта слава Игорю Селтославичу, богатырю Всеволоду и Владимiру Игоревичу. Да вдравствуютъ Князи и ихъ дружина, поборая за христiянъ на воинство невѣрныхъ! Слава Князьямъ и дружинѣ!

**КОНЕЦЪ.**

『이고리 원정기』
- 중세 러시아어 원본과 우리말 대역 번역[+]

---

[+] 중세 러시아어 텍스트는 드미트리 리하쵸프에 의해 정리된 것이다.

# СЛОВО О ПЛЪКУ ИГОРЕВѢ, ИГОРЯ, СЫНА СВЯТЪСЛАВЛЯ, ВНУКА ОЛЬГОВА

올레그의 손자이자 스뱌토슬라브의 아들인 이고리의,

이고리의 원정에 관한 이야기

Не лѣпо ли ны бяшетъ, братие,
начяти старыми словесы
трудныхъ повѣстий о пълку Игоревѣ,
　　　　　Игоря Святъславлича?
Начати же ся тъй пѣсни
по былинамъ сего времени,
а не по замышлению Бояню!

Боянъ бо вѣщий,
аще кому хотяше пѣснь творити,
то растѣкашется мыслию по древу,
　　　　сѣрымъ вълкомъ по земли,
　　　　шизымъ орломъ подъ облакы,

형제들이여, 과연 온당하겠는가,
스뱌토슬라브의 아들 이고리의
이고리의 원정에 관한 이야기를
　　　　옛날 방식대로 시작하는 것이.
노래를 시작해보자,
보얀의 구상이 아닌
오늘날의 사실대로.

신묘한 보얀이
누구에겐가 송가를 지어 바치려 할 땐
영감이 나무를 따라 뻗어나고,
　　　회색 늑대가 땅을 내달리고
　　　　잿빛 독수리가 구름 아래를 휘날았다.

помняшеть бо, рече
пръвыхъ временъ усобицѣ.

Тогда пущашеть 10 соколовь на стадо лебедѣй,
    который дотечаше,
    та преди пѣсь пояше —
    старому Ярослову,
    храброму Мстиславу,
иже зарѣза Редедю предъ пълкы касожьскыми,
красному Романови Святъславличю.

Боянъ же, братие, не 10 соколовь
    на стадо лебедѣй пущаше,
нъ своя вѣщиа пръсты
    на живая струны въскладаше;
они же сами княземъ славу рокотаху.

Почнемъ же, братие, повѣсть сию
отъ стараго Владимера до нынѣшняго Игоря,
иже истягну умь крѣпостию своею
и поостри сердца своего мужествомъ;
наплънився ратнаго духа,
наведе своя храбрыя плъкы
    на землю Половѣцькую
    за землю Руськую.

Тогда Игорь възрѣ
    на свѣтлое солнце

보얀은 기억하고 있다, 어떻게 자신이
그 옛날 형제간의 다툼을 노래했는지.

열 마리의 매를 백조 무리에 풀어 놓았을 때,
      백조를 잡은 매들이
      제일 먼저 노래를 바친 이는
      옛날의 야로슬라브,
      용감한 므스티슬라브는
카소그인들의 부대가 지켜 보는 가운데 레데댜의 목을 베었다.
그리고 스뱌토슬라브의 아들 아름다운 로만이었다.

형제들이여, 보얀은 매 열 마리를
      백조 무리에 풀어 놓은 것이 아니라,
자신의 신묘한 손가락을
      살아있는 듯한 현 위에 올려놓은 것이고,
손가락이 저절로 공후들에게 송가를 웅얼댄 것이다.

형제들이여, 이 이야기를 시작해보자,
옛날의 블라디미르로부터 지금의 이고리까지.
이고리는 의지로 이성을 가다듬고
용기로 가슴을 벼렸다.
사기가 충천한
자신의 용감한 부대를 이끌고, 진격해 들어갔다.
      폴로베츠인들의 땅으로,
      러시아 땅을 위해.

그때 이고리가 바라본
밝게 빛나는 태양과

и видѣ отъ него тьмою
      вся своя воя прикрыты.
И рече Игорь
      къ дружинѣ своей:
«Братие и дружино!
Луце жъ бы потяту быти,
      неже полонену быти;
а всядемъ, братие,
      на свои бръзыя комони,
да позримъ
      синего Дону».

Спала князю умь
      похоти
и жалость ему знамение заступи
      искусити Дону Великаго.
«Хощу бо, — рече, — копие приломити
      конець поля Половецкаго;
съ вами, русици, хощу главу свою приложити,
      а любо испити шеломомь Дону».

О Бояне, соловию стараго времени!
А бы ты сиа плъкы ущекоталъ,
скача, славию, по мыслену древу,
летая умомъ подъ облакы,
свивая славы оба полы сего времени,
рища въ тропу Трояню
      чресъ поля на горы.
Пѣти было пѣснь Игореви,
      того внуку:
«Не буря соколы занесе
      чресъ поля широкая —

이고리의 병사들은
　　　어둠으로 뒤덮여 버렸다.
그러자 이고리 공이
　　　자신의 기사들에게 말했다.
"형제여, 기사들이여!
차라리 죽는 것이 나을 것이다.
　　　포로가 되는 것보다는.
말에 오르자, 형제들이여,
　　　우리들의 준마가 기다린다,
그리고 바라보자,
　　　저 푸른 돈 강을."

공후의 이성은
　　　열정으로 흐려졌다.
위대한 돈 강에 대한 욕망은
　　　흉조마저 외면해 버렸다.
"나는 창을 부러뜨릴 것이다,
　　　폴로베츠의 벌판에 들어서는 바로 그 순간에.
루시의 아들들이여, 너희들과 함께 내 목이 잘리지 않으면,
　　　투구로 돈 강물을 마실 것이다."

오, 왕년의 꾀꼬리 보얀이여!
네가 원정을 읊을라치면,
꾀꼬리 너는 생각의 나무를 따라,
영리하게 구름 아래를 날며,
시대의 처음과 끝의 영광을 엮어,
트로얀의 오솔길을 따라,
　　　벌판을 가로질러 산으로 달려나갈 것이다.
벨레스의 손자는
　　　이고리에게 이런 노래를 불렀을 것이다.
"저 넓은 들판을 가로질러
　　　매를 데려간 것은 폭풍우가 아니라네 —

галици стады бѣжать
   къ Дону Великому».
Чи ли въспѣти было,
   вѣщей Бояне,
   Велесовь внуче:
«Комони ржуть за Сулою —
   звенить слава въ Кыевѣ;
трубы трубять въ Новѣградѣ —
   стоять стязи въ Путивлѣ!».

горь ждеть мила брата Всеволода.
И рече ему Буй Туръ Всеволодъ:
«Одинъ братъ,
одинъ свѣтъ свѣтлый —
   ты, Игорю!
оба есвѣ Святъславличя!
Сѣдлай, брате,
   свои бръзыи комони,
а мои ти готови,
   осѣдлани у Курьска напереди.

А мои ти куряни свѣдоми къмети:
   подъ трубами повити,
   подъ шеломы възлелѣяны,
   конець копия въскръмлени,
   пути имъ вѣдоми,
   яругы имъ знаеми,
   луци у них напряжени,

갈가마귀 떼는
　　　　위대한 돈 강 쪽으로 멀어져가네."
또는 벨레스의 손자인
　　　　신묘한 보얀 너는
　　　　이렇게 노래했을 것이다.
"술라 강 너머 말들은 울부짖고,
　　　　키예프에는 칭송이 가득하네.
노브고로드에 나팔 소리 요란하고,
　　　　푸티블에는 공후의 깃발이 내걸렸네!"


이고리는 다정한 형제 브세볼로드를 기다린다.
'성난 황소' 브세볼로드는 그에게 말한다.
"하나뿐인 형제이자
찬란한 유일한 빛 —
　　　　너, 이고리여!
우리 둘은 스뱌토슬라브의 아들들이다!
형제여, 우리들의 준마에
　　　　안장을 얹자.
나의 말들은 준비가 다 되었다.
　　　　쿠르스크 근처에서 이미 안장을 얹었다.

쿠르스크에서 온 나의 부하들 또한 — 백전노장의 용사들이다.
　　　　나팔 소리에 늘 파묻혀,
　　　　투구를 쓴 채 어리광을 부리고,
　　　　창 끝으로 음식을 받아먹으며 자라났다.
　　　　초원의 길도 훤히 꿰뚫고 있고,
　　　　깊은 골짜기도 잘 알며,
　　　　활도 팽팽이 당겨뒀고,

    тули отворени,
     сабли изъострени.
Сами скачють, акы сѣрыи влъци въ полѣ,
ищучи себе чти, а князю — славѣ».

Тогда въступи Игорь князь въ златъ стремень
и поѣха по чистому полю.
Солнце ему тъмою путь заступаше,
нощь стонущи ему грозою птичь убуди,
свистъ звѣринъ въста,
збися Дивъ —
кличетъ връху древа,
велитъ послушати — земли незнаемѣ,
    Влъзѣ,
    и Поморию,
    и Посулию,
    и Сурожу,
    и Корсуню,
    и тебѣ, тьмутораканьскый блъванъ!
А половци неготовами дорогами
    побѣгоша къ Дону Великому;
крычатъ телѣгы полунощы,
   рци, лебеди роспущени.

Игорь къ Дону вои ведетъ!
Уже бо бѣды его пасетъ птиць
         по дубию;
влъци грозу въсрожатъ
по яругамъ;
 орли клектомъ на кости звѣри зовутъ;
лисици брешутъ на чръленыя щиты.

　　　　화살통도 활짝 열어놓고,
　　　　칼도 날을 바짝 세워뒀다.
나의 부하들은 마치 야생의 회색 늑대처럼 초원을 누빌 것이다,
자신들의 은상(恩賞)과 공후의 영광을 위해."

이제 이고리는 황금 등자에 올라
드넓은 벌판을 질러 원정을 떠났다.
태양은 어둠으로 길을 가렸고,
밤은 벼락으로 새들을 깨웠다.
짐승들의 울부짖음이 들려오고,
괴조(怪鳥)는 홰홰 날개 치며
나무 꼭대기에서 울음으로 명령했다.
미지의 땅에게,
　　　　볼가 강,
　　　　포모리예 땅,
　　　　포술리야 땅,
　　　　수로쥐,
　　　　코르순,
　　그리고 너, 트무토로칸의 우상(偶像)은 잘 들으라고.
폴로베츠인들은 길도 아닌 길을 따라
　　　　위대한 돈 강 쪽으로 급히 옮겨갔다.
밤중에 삐걱대는 수레 소리는
　　　　마치 화난 백조의 울음 소리같았다.

이고리는 돈 강으로 군사들을 이끌고 갔다.
벌써, 이고리의 불행을 참나무 숲의 새들이
　　　　　　　　　　경고하고 있었다.
늑대들은 가파른 골짜기 양편에서
섬짓할 정도로 울부짖고 있었다.
　　독수리는 짐승의 뼈를 부리로 쪼며 무리를 부르고 있었고,
여우들은 선홍빛 방패를 향해 캥캥거렸다.

О Руская земле! Уже за шеломянемъ еси!
Длъго ночь мркнетъ.
Заря свѣтъ запала,
мъгла поля покрыла.
щекотъ славій успе;
говоръ галичь убуди.

Русичи великая поля чрьлеными щиты прегородиша,
ищучи себѣ чти, а князю — славы.

Съ зарания въ пятк
потопташа поганыя плъкы половецкыя,
и рассушясь стрѣлами по полю,
помчаша красныя дѣвкы половецкыя,
а съ ними злато,
и паволокы,
и дра гыя оксамиты.

오, 루시 땅이여! 너는 이미 언덕 너머에!
　　오래도록 밤은 어두웠다.
　　저녁놀은 빛을 잃어가고,
　　연무는 벌판을 뒤덮었다.
　　꾀꼬리의 지저귐은 잦아들었고,
　　갈가마귀 소리가 들려왔다.

루시의 아들들은 선홍빛 방패로 넓은 벌판을 둘렀다,
　　자신들의 은상과 공후의 영광을 위해.

　　금요일 아침 일찍이
위대한 루시인들은 이교도 폴로베츠의 부대를 짓밟으며,
화살을 온통 벌판에 쏟아 붓고,
아름다운 폴로베츠 여인들을 낚아채며,
　　황금과,
　　비단과,
　　값진 비잔틴 자수 비단도 챙겼다.

Орьтъмами,
    и япончицами,
    и кожухы
начаша мосты мостити по болотомъ
    и грязивымъ мѣстомъ,
и всякыми узорочьи половѣцкыми.
    Чрьленъ стягъ,
    бѣла хорюговь,
    чрьлена чолка,
    сребрено стружие —
храброму Святьславличю!

Дремлетъ въ полѣ Ольгово хороброе гнѣздо.
    Далече залетѣло!
Не было онъ обидѣ порождено
    ни соколу,
    ни кречету,
    ни тебѣ, чръный воронъ,
    поганый половчине!
Гзакъ бѣжитъ сѣрымъ влъкомъ,
Кончакъ ему слѣдъ править къ Дону Великому.

Другаго дни велми рано
кровавыя зори свѣтъ повѣдаютъ,
чръныя тучя съ моря идутъ,
хотятъ прикрыти 4 солнца,
а въ нихъ трепещуть синии млънии.
Быти грому великому,
итти дождю стрѣлами съ Дону Великаго!
Ту ся копиемъ приламати,
ту ся саблямъ потручяти

　　　　털로 된 숄과
　　　　망토,
　　　　그리고 비단과 모피를 덧댄 외투를
늪을 건널 다리로 쌓아 올리고,
　　　　갖가지 폴로베츠 무늬의 천으로
진창을 덮어 지날 수 있었다.
　　　　붉은 깃발,
　　　　흰 깃발,
　　　　선홍빛으로 물들인 말꼬리 장식,
　　　　은빛 장대는 —
용맹한 스뱌토슬라브의 아들에게!

벌판에서 용맹한 올레그의 후손들이 피로를 달래고 있다.
　　　　멀리도 날아 왔구나!
그러나 올레그의 자손들이 태어난 것은
　　　　매나,
　　　　검은 매,
　　　　너, 검은 까마귀와
　　　　이교 폴로베츠에게 모욕 따위나 받기 위함이 아니다!
그자크는 회색 늑대처럼 달리고,
콘차크는 위대한 돈 강으로 향하는 길을 보여주고 있다.

다음날 이른 아침,
핏빛 새벽놀이 빛을 알려올 때
검은 먹구름이 바다로부터 밀려와,
네 태양을 뒤덮을 듯,
먹구름 속에는 푸른 번개가 번쩍였다.
거대한 벼락이 내려칠 것이고,
위대한 돈 강에서 화살이 비처럼 쏟아질 것이다.
여기서 창은 부러질 것이며,
여기서 칼은 부딪힐 것이다,

о шеломы половецкыя,
        на рѣцѣ на Каялѣ,
        у Дону Великаго!
О Руская землѣ! Уже за шеломянемъ еси!

Се вѣтри, Стрибожи внуци, вѣютъ съ моря стрѣлами
        на храбрыя пълкы Игоревы.
Земля тутнетъ,
рѣкы мутно текуть,
пороси поля прикрываютъ,
стязи глаго лютъ:
половци идуть отъ Дона,
        и отъ моря,
и отъ всѣхъ странъ рускыя плъкы отступиша.

Дѣти бѣсови кликомъ поля прегородиша,
а храбрии русици преградиша чрълеными щиты.

Яръ туре Всеволодѣ!
Стоиши на борони,
прыщеши на вои стрѣлами,
гремлеши о шеломы мечи харалужными.
Камо, туръ, поскочяше,
своимъ златымъ шеломомъ посвѣчивая,
тамо лежатъ поганыя головы половецкыя.

폴로베츠인들의 투구에,
　　　　카얄라 강에서,
　　　　위대한 돈 강의.
오, 루시 땅이여! 너는 이미 언덕 너머에!

스트리보그의 손자인 바람이 바다로부터 화살을
　　　　　용감한 이고리의 부대로 실어 왔다.
땅이 신음하고,
강물은 흐려지고,
먼지가 들판을 뒤덮고,
깃발이 외친다.
폴로베츠인들이 돈 강에서,
　　　　그리고 바다에서 진격해 온다.
온 사방에서 러시아 군대를 에워쌌다.

악마의 자식들의 깍깍거림이 들판을 가로막고,
용감한 루시인들은 선홍빛 방패를 둘러 막는다.

'성난 황소' 브세볼로드!
너는 싸움터 한가운데에서,
화살을 뿌려대며
강철 검으로 투구를 내려치는구나!
성난 황소여,
황금빛 투구를 번쩍이며 네가 내닫는 곳마다
이교도 폴로베츠인들의 머리가 굴러다닌다.

Поскепаны саблями калеными шеломы оварьскыя
   отъ тебе, яръ туре Всеволоде!
Кая раны дорога, братие, забывъ чти и живота,
   и града Чрънигова отня злата стола,
и своя милыя хоти, красныя Глѣбовны,
   свычая и обычая?

Были вѣчи Трояни,
минула лѣта Ярославля,
были плъци Олговы,
Ольга Святьславличя.

Тъй бо Олегъ мечемъ крамолу коваше
и стрѣлы по земли сѣяше.
Ступаетъ въ златъ стремень въ градѣ Тьмутороканѣ.
То же звонъ слыша давный великый Ярославь
сынъ Всеволожь, а Владимиръ
по вся утра уши закладаше въ Черниговѣ.
Бориса же Вячеславлича слава на судъ приведе,
и на канину зелену паполому постла
   за обиду Олгову,
   храбра и млада князя.
Съ тоя же Каялы Святоплъкь повелѣя отца своего
   между угорьскими иноходьцы
     ко святѣй Софии къ Киеву.

Тогда при Олзѣ Гориславличи
сѣяшется и растяшеть усобицами,

너의 담금질된 칼에, 아바르인들의 투구가 갈라진다.
성난 황소 브세볼로드여!
형제들이여, 그 어떤 상처가 두렵겠는가, 명예도, 부(富)도,
조상들의 도시 체르니고프의 황금 옥좌도,
사랑하는 그리운 아내 글레보브나의 부드러운 애정의 손길도
잊은 사람에게!

트로얀의 시대가 있었고,
야로슬라브가 다스리던 시절도 지났고,
올레그 스뱌토슬라비치의,
올레그의 원정도 있었다.

이 올레그가 칼로 분란을 심었고
화살을 씨앗처럼 땅에 흩뿌렸다.
올레그가 트무토로칸에서 황금 안장에 오를 때,
안장의 종소리를 과거의 위대한 야로슬라브는 들었다.
브세볼로드의 아들 블라디미르는
매일 아침 체르니고프에서 귀를 막았다.
뱌체슬라브의 아들 보리스의 오만은 운명의 심판대로 이끌었으니,
젊고 주저함이 없었던 그는
올레그를 모욕한 댓가로
카니나 강에 펼쳐진 초록 수의 위에 눕혀졌다.
스뱌토폴크 또한 바로 그 카얄라 강에서 아버지의 시신을
헝가리인들이 끄는 마차로
키예프의 성 소피아 성당으로 모셔왔다.

그 시절, 올레그 '고리슬라비치' 시대에
형제간 내분의 씨앗이 뿌려지고 자라나며,

погибашеть жизнь Даждь-Божа внука;
въ княжихъ крамолахъ вѣци человѣкомь скратишась.
Тогда по Руской земли рѣтко ратаевѣ кикахуть,
нъ часто врани граяхуть,
      трупиа себѣ дѣляче,
а галици свою рѣчь говоряхуть,
      хотять полетѣти на уедие.

То было въ ты рати и въ ты плъкы,
а сицей рати не слышано!
Съ зараниа до вечера,
съ вечера до свѣта
летятъ стрѣлы каленыя,
гримлютъ сабли о шеломы,
трещатъ копия харалужныя
      въ полѣ незнаемѣ
      среди земли Половецкыи.

Чръна земля подъ копыты костьми была посѣяна,
      а кровию польяна:
тугою взыдоша по Руской земли.

Что ми шумить,
что ми звенить —
      давечя рано предъ зорями?

다쥐보그의 후손들이 조상들의 유산을 잃고
공후들간의 다툼으로 많은 이들이 죽어갔다.
이제 루시 땅에는 농부들의 밭 가는 소리는 들리지 않고,
커다란 갈가마귀들만이 시체를 두고
　　　　　종종 다툼을 벌이며 까악거렸으니,
조그만 까마귀들도 혹 제 몫이 있을까
　　　　　　곁에서 울어댔다.

이런 전투도 있었고 저런 원정도 있었지만
그런 전투 얘기는 들어본 적이 없었다!
아침 일찍부터 저녁까지
저녁부터 날 밝을 때까지
방패도 뚫는 날 선 화살이 날고,
칼이 투구에 부딪히는 소리가 울리고,
강철 창이 갈라졌다,
　　　　이름 모를 벌판,
　　　　폴로베츠의 땅 어딘가에서.

말발굽 아래 검은 땅은 뼈가 뿌려지고,
　　　　피로 적셔졌다.
흩뿌려진 뼈는 슬픔으로 루시 땅에 다시 싹터 올랐다.

웅성거리는 저 소리,
쟁쟁거리는 저 소리 —
　　　　동도 트기 전 멀리서 들려오는 저 소리는 뭐지?

Игорь плъкы заворочаетъ:
жаль бо ему мила брата Всеволода.
Бишася день,
бишася другый;
третьяго дни къ полудню падоша стязи Игоревы.

Ту ся брата разлучиста на брезѣ быстрой Каялы;
ту кроваваго вина не доста,
ту пиръ докончаша храбрии русичи:
сваты попоиша, а сами полегоша
          за землю Рускую.
Ничить трава жалощами,
а древо с тугою къ земли преклонилось.

Уже бо, братие, не веселая година въстала,
уже пустыни силу прикрыла.
Въстала обида въ силахъ Дажьбожа внука,
вступила дѣвою на землю Трояню,
въсплескала лебедиными крылы
          на синѣмъ море у Дону;
плещучи, убуди жирня времена.

Усобица княземъ на поганыя погыбе,
рекоста бо братъ брату:
          «Се мое, а то мое же».

다정한 형제 브세볼로드가 걱정이 된
이고리는 군대를 돌렸다.
하루를 꼬박 싸웠고,
다음날도 전투를 치렀다,
세째날 정오 무렵, 이고리 공의 군기가 꺾였다.

여기 두 형제는 물살 빠른 카얄라 강에서 헤어졌다.
여기 붉은 포도주가 떨어지고
여기 용감한 루시인들은 잔치를 끝냈다.
중신애비들은 진탕 퍼먹였으나 자신들은 쓰러진 것이다,
        루시 땅을 위해.
안타까움에 풀은 고개를 숙이고
슬픔에 젖은 나무는 땅에 엎드렸다.

형제들이여, 비탄의 시간이 왔으니,
황야는 군대를 뒤덮어 버렸다.
다쥐보그 손자의 군대에 슬픔은 피어 올랐고,
슬픔은 처녀처럼 트로얀의 땅으로 밀려 들어와,
돈 강의 푸른 바다에
        백조의 날개를 퍼덕였다.
슬픔은 날갯짓으로 아름다운 시절을 흩날려 버렸다.

공후들은 더 이상 이교도에 맞서 싸우질 않고,
서로서로들 이렇게 말했다.
        "이건 내 것이다. 그리고 저것 역시 내 것이다."

И начяша князи про малое
      «се великое» млъвити,
а сами на себѣ крамолу ковати.
А погании съ всѣхъ странъ прихождаху съ побѣдами
      на землю Рускую.

О, далече заиде соколъ, птиць бья, — къ морю!
А Игорева храбраго плъку не крѣсити!
За нимъ кликну Карна и Жля,
поскочи по Руской земли,
смагу мычючи въ пламянѣ розѣ.

Жены руския въсплакашась, аркучи:
«Уже намъ своихъ милыхъ ладъ
      ни мыслию смыслити,
      ни думою сдумати,
      ни очима съглядати,
а злата и сребра ни мало того потрепати!».

А въстона бо, братие, Киевъ тугою,
      А Черниговъ напастьми.
Тоска разлияся по Руской земли;
печаль жирна тече средь земли Рускыи.
А князи сами на себе крамолу коваху,
а погании сами,
      побѣдами нарищуще на Рускую землю,
емляху дань по бѣлѣ отъ двора.

공후들은 하찮은 것도
　　　　　"이건 중요하다"고 말하며,
다른 공후를 겨냥한 싸움거리를 찾아냈다.
이교도들은 곳곳에서 승승장구하며
　　　　　루시 땅으로 몰려 왔다.

오, 새를 쫓아 매가 바다 너무 멀리 날아갔구나,
용맹한 이고리의 부대는 다시 일어서지 못하리!
카르나가 목놓아 울려 퍼지고,
젤랴가 루시 땅에 번져 흐르며,
타오르는 뿔의 불씨가 흩뿌려진다.

루시의 부인들이 섧게 울며 넋두리 같은 혼잣말을 한다.
"이제 우리 다정한 지아비를
　　　　　생각으로 그릴 수 없고,
　　　　　마음으로 기릴 수 없고,
　　　　　눈으로 바라볼 수 없구나.
금은 보화 따위가 무슨 소용이길래."

형제들이여, 키예프는 슬픔에,
　　　　　체르니고프는 불행에 잠겼다.
그리움이 루시 땅을 적셨고,
커다란 슬픔이 루시 땅에 흘렀다.
공후들은 서로를 비난하며 다퉜고,
이교도들은
　　　　　승승장구하며 루시 땅으로 쳐들어와
집집마다 공물을 걷었다.

Тии бо два храбрая Святъславлича, —
    Игорь и Всеволодъ —
уже лжу убуди, которую,
ту бяше успилъ отецъ ихъ —
    Святъславь грозный великый Киевскый
        грозою:
бяшеть притрепеталъ своими сильными плъкы
    и харалужными мечи,
наступи на землю Половецкую,
притопта хлъми и яругы,
взмути рѣки и озеры,
иссуши потоки и болота.

А поганаго Кобяка изъ луку моря,
отъ желѣзныхъ великихъ плъковъ половецкихъ,
    яко вихръ, выторже:
и падеся Кобякъ въ градѣ Киевѣ,
    въ гридницѣ Святъславли.

Ту нѣмци и венедици,
ту греци и морава
    поютъ славу Святъславлю,
    каютъ князя Игоря,
иже погрузи жиръ во днѣ Каялы — рѣкы половецкия —
    рускаго злата насыпаша.
Ту Игорь князь высѣдѣ изъ сѣдла злата,
    а въ сѣдло кощиево.
Уныша бо градомъ забралы,
    а веселие пониче.

용감한 스뱌토슬라브의 두 아들
　　　　이고리와 브세볼로드는
아버지가 잠재운,
공후들간의 갈등을 깨워냈다.
　　　　위대한 키예프 대공 준엄한 스뱌토슬라브는
　　　　　　　　벼락처럼
자신의 막강한 군대를 이끌고
　　　　강철 검을 앞세워
폴로베츠의 땅으로 진격해 들어가,
언덕과 계곡을 짓밟고
강과 호수를 흐려 놓고
급류와 늪을 말려 버렸다.

후방에 있던 이교도 코뱌크를
강철같은 폴로베츠의 막강한 군대에서
　　　　마치 회오리 바람이 뽑아내듯,
키예프로 잡아와
　　　　감옥에 쳐넣었다.

여기 독일인, 베네치아인,
여기 그리스인, 체코인들이
　　　　스뱌토슬라브에게 송가를 부르고,
　　　　이고리 공을 비난한다.
폴로베츠의 강인 카얄라 강 바닥에 많은 것을 빠뜨리고,
　　　　루시의 보배를 흩뿌렸기 때문이다.
여기 이고리 공은 황금 안장에서
　　　　노예의 안장으로 옮겨 탔다.
도시 성벽의 망루에는 좌절감이 흘렀고,
　　　　기쁨은 사라졌다.

вятъславь мутенъ сонъ видѣ
въ Киевѣ на горахъ.
«Си ночь съ вечера одѣвахуть мя, — рече, —
чръною паполомою
на кровати тисовѣ,
чръпахуть ми синее вино,
съ трудомь смѣшено,
сыпахуть ми тъщими тулы поганыхъ тльковинъ
великый женчюгь на лоно,
и нѣгуютъ мя.

Уже дьскы безъ кнѣса
в моемъ теремѣ златовръсѣмъ.
Всю нощь съ вечера
босуви врани възграяху у Плѣсньска,
на болони, бѣша дебрь Кияня
и не сошлю къ синему морю».

И ркоша бояре князю:
«Уже, княже, туга умь полонила.
Се бо два сокола слѣтѣста
съ отня стола злата
поискати града Тьмутороканя,
а любо испити шеломомь Дону.
Уже соколома крильца припѣшали
поганыхъ саблями,
а самаю опустоша
въ путины желѣзны».

스뱌토슬라브는 키예프의 언덕에서
　　　　불길한 꿈을 꾸었다.
"이날 밤 저녁부터, - 그가 말하길,
　　　　내게 검은 수의를 입혀
　　　　주목 침대 위에 눕혀뒀다.
슬픔이 녹아 든
　　　　짙푸른 포도주를 내게 부으며,
텅 빈 이교도인들의 화살통에서
　　　　굵은 진주를 가슴에 내려놓아
　　　　나를 혼곤하게 했다.

황금빛 둥근 지붕의 나의 고대광실은
　　　　이미 대들보 없는 천정이다.
　　　　　저녁부터 밤새도록
회색 갈가마귀가 플레센스크 근처
키얀 숲이 있는 도시 끝자락에서 울더니,
회색 갈가마귀들은 푸른 바다로 날아갔다."

보야드들이 대공에게 이르길,
"이미, 대공이시여, 슬픔이 공의 명민함을 흐리고 있나이다.
매 두 마리가
　　　　조상의 황금 옥좌에서 날아간 것은,
트무토로칸 도시를 얻으려거나
투구로 돈 강물을 마시려 한 것 때문이었습니다.
이미, 매의 날개는
　　　　이교도의 칼에 잘렸고,
쇠사슬에
　　　　묶였습니다."

Темно бо бѣ въ 3 день:
два солнца помѣркоста,
оба багряная стлъпа погасоста.
            и съ нима молодая мѣсяца,
                Олегъ и Святъславъ,
тъмою ся поволокоста
и в морѣ погрузиста
и великое буйство подаста хинови

На рѣцѣ на Каялѣ тьма свѣтъ покрыла —
по Руской земли прострошася половци,
            аки пардуже гнѣздо,
Уже снесеся хула на хвалу;
уже тресну нужда на волю,
уже връжеса дивь на землю.

Се бо готския красныя дѣвы
въспѣша на брезѣ синему морю:
звоня рускымъ златомъ,
поютъ время Бусово,
лелѣютъ месть Шароканю.
А мы уже, дружина, жадни веселия!

3일째 되는 날에 어둠이 몰려왔다.
두 태양은 빛을 잃었고,
적자색 두 기둥은 다 타 버렸으며,
      두 젊은 달(月)인
        올레그와 스뱌토슬라브는
어둠에 뒤덮이고
바다에 잠기며,
히노바인들에게 커다란 용기를 북돋웠다.

카얄라 강에선 어둠이 빛을 가렸고,
폴로베츠인들이 표범 떼처럼
      루시 땅을 휘젓고 다녔다.
이미 영광은 치욕으로 바뀌었고,
이미 자유는 억압에 짓눌렸으며,
이미 괴조는 땅을 향해 덤벼들었다.

고트족의 아름다운 처녀들은
푸른 바닷가에서 노래 부르며,
루시의 황금을 흔들고,
부스의 시대를 칭송하며
샤루칸의 복수를 마음 속 깊이 간직한다.
그대, 충직한 벗들이여, 우리는 이미 즐거움을 잃었노라!

Тогда великий Святславъ
изрони злато слово,
    слезами смѣшено,
        и рече:

«О, моя сыновчя, Игорю и Всеволоде!
Рано еста начала Половецкую землю
    мечи цвѣлити,
        а себѣ славы искати.
Нъ нечестно одолѣсте,
нечестно бо кровь поганую пролиясте.

그때 대공 스뱌토슬라브가
입을 열어 금언(金言)을,
　　　눈물 가득한
　　　　　　　말을 했다.

"오, 나의 아들들, 이고리와 브세볼로드!
너무 일찍, 너희들은 폴로베츠의 땅에
　　　칼로 모욕을 안겨주고,
　　　스스로에게는 영광을 얻으려했다.
그러나 폴로베츠인들과의 전쟁은 명예롭지 못했고,
이교도인들의 피를 흘리게 한 것도 명예롭지 못했다.

Ваю храбрая сердца
въ жестоцемъ харалузѣ скована,
а въ буести закалена.
Се ли створисте моей сребреней сѣдинѣ?

А уже не вижду власти
сильнаго,
и богатаго,
и многовоя
брата моего Ярослава,
съ черниговьскими былями,
съ могуты,
и съ татраны,
и съ шельбиры,
и съ топчакы,
и съ ревугы,
и съ ольберы.
Тии бо бес щитовь, съ засапожникы
кликомъ плъкы побѣждаютъ,
звонячи въ прадѣднюю славу.

Нъ рекосте: «Мужаемѣся сами:
преднюю славу сами похитимъ,
а заднюю ся сами подѣлимъ!».
А чи диво ся, братие, стару помолодити?
Коли соколъ въ мытехъ бываетъ,
высоко птицъ възбиваетъ,
не дастъ гнезда своего въ обиду.
Нъ се зло — княже ми непособие,

두려움을 모르는 너희들의 심장은
굳디굳은 강철로 주조되었고
용감하게 벼려졌다.
너희들이 나의 은빛머리에 무엇을 한 것이냐?

이제 보이지 않는다,
  강하고
  부유하며
  많은 군사를 거느렸으며,
나의 형제 야로슬라블의,
  체르니고프의 보야르와
  기사들과 함께 하고,
  타트란인들,
  쉘비르인들,
  토프차크인들,
  레부그인들,
  올베르인들까지 거느린 군대는 보이지 않는다.
이들은 방패도 없이 단도만으로
함성을 울리며 적들을 무찌르고,
선조들의 영광을 울려 퍼지게 했다.

그런데, 이렇게 말했다지, '우리도 한번 용감하게 싸워보자,
과거의 영광을 되찾고,
미래의 영광은 우리끼리 나누자!'
형제들이여, 이 늙은이가 젊어질 수 있다면 그건 기적이지 않은가?
매가 늙어 깃털이 빠질 때는,
새들을 높이 쫓아내며
둥지가 욕보이지 않도록 해야 한다.
그러나 불행히도, ㅡ 공후들이 나를 돕지 않으니,

наниче ся годины обратиша.
Се у Римъ кричатъ подъ саблями половецкыми,
     а Володимиръ подъ ранами.
Туга и тоска сыну Глѣбову!».

Великий княже Всеволоде!
Не мыслию ти прелетѣти издалеча,
отня злата стола поблюсти?
Ты бо можеши Волгу веслы раскропити,
а Донъ шеломы выльяти!
Аже бы ты былъ,
     то была бы чага по ногатѣ,
     а кощей по резанѣ.
Ты бо можеши посуху
     живыми шереширы стрѣляти —
удалыми сыны Глѣбовы.

Ты, буй Рюриче, и Давыде!
Не ваю ли вои
     злачеными шеломы по крови плаваша?
Не ваю ли храбрая дружина
     рыкаютъ акы тури,
ранены саблями калеными,
на полѣ незнаемѣ?

Вступита, господина, въ злата стремень
     за обиду сего времени,
     за землю Русскую,

비극의 시간으로 되돌아갔다.
여기 리모프에서 폴로베츠인들의 칼날 아래 비명이 일었고,
　　　　블라디미르가 상처를 입었다.
글렙의 아들에게 슬픔과 안타까운 마음만이!"

대공 브세볼로드여!
진정 그대는 멀리서라도 조상의 황금 옥좌를 지키기 위해
달려올 생각은 하지 않았는가?
그대는 정말 노로 볼가 강 물을 튀겨낼 수 있고,
돈 강은 투구로 다 마셔 버릴 수도 있지 않은가?
만약 그대가 여기에 있었더라도,
　　　　여자 노예든 남자 노예든
　　　　얼마든 있었을 것이다.
그대는 육로로
　　　　멀리 있는 글렙의 아들들을
살아있는 창처럼 날려 보낼 수도 있는데 말이오.

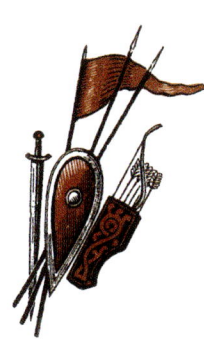

그대, 용맹스러운 류릭과 다비드여!
당신 군사가 아니란 말인가,
　　　　황금빛 투구를 쓴 저 피투성이 기사들은.
당신 휘하가 아니란 말인가,
　　　　낯선 벌판에서,
날이 시퍼렇게 선 칼에 상처입고,
황소처럼 울부짖는 용감한 장수들은.

공후들이여, 황금 등자에 오르시오,
　　　　지금의 모욕을 되갚기 위해,
　　　　루시 땅을 위해,

за раны Игоревы,
        буего Святславлича!

Галичкы Осмомыслѣ Ярославе!
Высоко сѣдиши
        на своемъ златокованнѣмъ столѣ,
подперъ горы Угорскыи
        свои желѣзными плъки,
заступивъ королеви путь,
затворивъ Дунаю ворота,
меча времены чрезъ облаки,
суды рядя до Дуная.

Грозы твоя по землямъ текутъ,
отворяеши Киеву врата,
стрѣляеши съ отня злата стола
        салтани за землями.
Стрѣляй, господине, Кончака,
        поганого кощея,
        за землю Рускую,
за раны Игоревы,
        буего Святславлича!

А ты, буй Романе, и Мстиславе!
Храбрая мысль носитъ васъ умъ на дѣло.
Высоко плаваеши на дѣло въ буести,

이고리의 아픔을 위해,
　　　　용감한 스뱌토슬라브의 아들을 위해!

갈리츠키의 '여덟생각' 야로슬라브여!
그대는 높은
　　　　황금 옥좌에 앉아,
강철 군대로
　　　　우고르 산맥을 떠받쳤구려,
헝가리 왕에게로 가는 길을 막고
두나이 강의 성문은 닫아걸고,
구름 위로 무거운 돌을 날려 보내며
두나이 강의 질서도 잡았구려.

그대의 진노가 온 땅에 내닫고,
키예프의 성문을 열며,
조상의 황금 옥좌에서
　　　　술탄을 향해 화살도 쏘는구려.
공후여, 활을 계속 쏘시오, 콘차크를 향해,
　　　　이교의 노예인
　　　　　　루시 땅을 위해,
이고리의 아픔을 위해,
　　　　용감한 스뱌토슬라비치를 위해!

아, 그대 용맹스런 로만과 므스티슬라브!
용감한 생각은 무공을 불러온다.
전장의 공훈을 위해 높이 솟아올라,

яко соколъ на вѣтрехъ ширяяся,
хотя птицю въ буйствѣ одолѣти.
Суть бо у ваю желѣзныи паробци
        подъ шеломы латинскими.
Тѣми тресну земля,
        и многи страны —
                Хинова,
                Литва,
                Ятвязи,
                Деремела
и половци — сулици своя повръгоша,
        а главы своя подклониша
        подъ тыи мечи харалужныи.

Нъ уже, княже, Игорю,
утрпѣ солнцю свѣтъ,
а древо не бологомъ листвие срони:
        по Рси и по Сули гради подѣлиша.
А Игорева храбраго плъку не крѣсити!
Донъ ти, княже, кличетъ
и зоветь князи на побѣду.
Олговичи, храбрыи князи, доспѣли на брань. ...

Инъгварь и Всеволодъ,
и вси три Мстиславичи,
не худа гнѣзда шестокрилци!
Не побѣдными жребии
        собѣ власти расхытисте!
Кое ваши златыи шеломы
        и сулицы ляцкии

바람에 활강하던 매가 용감하게
새를 낚아채듯 날아든다.
당신들에겐 라틴제 투구를 쓴
　　　　강철같은 병사들이 있다.
그들이 나타나면 땅이 흔들리고,
　　　많은 나라가 —
　　　　　히노바,
　　　　　라트비아,
　　　　　야트바기,
　　　　　데레멜라,
그리고 폴로베츠인들이 창을 내던지고,
　　　　강철 검 아래
　　　　　머리를 조아린다.

그러나, 이미, 오, 이고리 공이여,
태양은 빛을 잃었고,
나무는 불행에 잎을 사위었다.
　　　　　　로시 강과 술라 강의 도시들을 나누어 가졌다.
아, 이고리의 군대는 다시 일어서지 못하리!
공후여, 돈 강이 그대에게 외치고,
함께 승리하자고 다른 공후들을 부른다.
용감한 공후인 올레그의 아들들은 전장에 제때 도착했다, ...

인그바리와 브세볼로드,
그리고 므스티슬라브의 세 아들들이여,
당신들은 훌륭한 매의 둥지다!
승리의 규칙에 따라
　　　　땅도 얻지 않았소!
어디 있소, 당신들의 황금 투구,
　　　폴란드 창,

и щиты?
Загородите полю ворота
    своими острыми стрѣлами,
за землю Русскую,
за раны Игоревы,
    буего Святъславлича!

Уже бо Сула не течетъ сребреными струями
    къ граду Переяславлю,
и Двина болотомъ течетъ
    онымъ грознымъ полочаномъ
        подъ кликомъ поганыхъ.
Единъ же Изяславъ, сынъ Васильковъ,
позвони своими острыми мечи
    о шеломы литовския,
притрепа славу дѣду своему Всеславу,
а самъ подъ чрълеными щиты
    на кро вавѣ травѣ
    притрепанъ литовскыми мечи.
исхати юна кров,
а тьи рекъ:
«Дружину твою, княже,
    птиць крилы приодѣ,
    а звѣри кровь полизаша».
Не бысь ту брата Брячяслава,
    ни другаго — Всеволода,
Единъ же изрони жемчюжну душу
    изъ храбра тѣла
    чресъ злато ожерелие.
Унылы голоси,
пониче веселие.
трубы трубятъ городеньскии!

방패는?
초원의 문을 지키시오,
　　　　당신들의 예리한 화살로,
루시 땅을 위해,
이고리의 아픔을 위해,
　　　　용감한 스뱌토슬라비치를 위해!

술라 강은 이제 은빛 물결로는
　　　　페레야슬라블로 흐르지 않는다,
드비나 강은 느릿느릿 늪처럼
　　　　잔인한 폴로베츠인들 쪽으로
　　　　　　　　이교도들의 외침 아래 흐른다.
바실코프의 아들 이쟈슬라블 혼자서
날카로운 검으로 리투아니아의 투구를 내려쳤으나,
　　　　할아버지 브세슬라브의 영광을 땅에 떨어트렸다.
이쟈슬라브 자신은 붉은 방패 뒤로
피로 물든 풀 위에
　　　　리투아니아의 칼에
　　　　　아끼는 장수들과 피를 흘리며 쓰러졌다.
그때 곁에서 말했다.
"공후여, 그대의 충직한 장수들을
새들이 날개로 꺾었으며,
　　　　짐승들은 피를 핥고 있도다."
　　　　　이 전투에 형제인 브랴치슬라브는 없었고,
다른 형제인 브세볼로드도 없었다.
　　　　외롭게 혼자 싸우던 이쟈슬라브는 용감무쌍한
자신의 몸에서
　　　　황금 목걸이와
　　　　진주같은 영혼을 받아 들었다.
목소리는 잦아들고
웃음은 사라지고,
고로덴스키의 나팔은 울려퍼졌다.

Ярославе и вси внуце Всеславли!
Уже понизите стязи свои,
вонзите свои мечи вережени.
Уже бо выскочисте изъ дѣдней славѣ.
Вы бо своими крамолами
начясте наводити поганыя
        не землю Рускую,
          на жизнь Всеславлю,
Которое бо бѣше насилие
        отъ земли Половецкыи!

На седьмомъ вѣцѣ Трояни
връже Всеславъ жребий
        о дѣвицю себѣ любу.
Тъй клюками подпръся о кони,
и скочи къ граду Кыеву,
и дотчеся стружиемъ
        злата стола киевскаго.

Скочи отъ нихъ лютымъ звѣремъ
        въ плъночи изъ Бѣла-града,
        обѣсися синѣ мьглѣ,
утръ же воззни с три кусы, —
отвори врата Нову-граду,
разшибе славу Ярославу,
скочи влъкомъ
        до Немиги съ Дудутокъ.

야로슬라블의 모든 자손들과 브세슬라브여!
깃발을 내리고
무뎌진 칼은 칼집에 넣으시오,
당신들은 조상 대대로 누려온 영광을 잃었소.
자신들의 간교한 계략을 위해
이교도를 불러들여
        루시 땅을 공격하도록 하고,
            브세슬라브의 유산을 파괴하도록 했소.
형제들간의 내분 때문에 결국
        폴로베츠인들의 침략이 시작된 것이오.

트로얀의 일곱 번째 시대에
브세슬라브는 운명의 여인을
        결정할 제비를 던졌다.
브세슬라브는 꾀를 써 말에 올라타서는,
키예프로 내달려
창 반대편 장대 끝으로
        키예프 대공의 황금 옥좌를 건드렸다.

성난 짐승처럼 키예프를 빠져 나온 브세슬라브는
        한밤중에 벨고로드를 달려 나왔다.
        푸른 안개에 휩싸인 채, 행운도 따라서는,
전부(戰斧) 세 번을 두드려
노브고로드의 성문을 열며
야로슬라브의 영광에 도발을 한 뒤,
늑대처럼 그는
        네미가에서 두두트키까지 휘달렸다.

На Немизѣ снопы стелютъ головами,
молотятъ чепи харалужными,
на тоцѣ животъ кладутъ,
вѣютъ душу отъ тѣла.
Немизѣ кровави брезѣ
не бологомъ бяхуть посѣяни,
посѣяни костьми рускихъ сыновъ.

Всеславъ князь людемъ судяше,
княземъ грады рядяше,
а самъ въ ночь влъкомъ рыскаше:
изъ Кыева дорискаше до куръ Тмутороканя,
великому Хръсови влъкомъ путь прерыскаше.
Тому въ Полотскѣ позвониша заутренюю рано
      у святыя Софеи въ колоколы,
а онъ въ Кыевѣ звонъ слыша.
Аще и вѣща душа въ друзѣ тѣлѣ,
нъ часто бѣды страдаше.

Тому вѣщей Боянъ
    и пръвое припѣвку, смысленый, рече:
      «Ни хытру,
        ни горазду,
          ни птицю горазду
            суда божиа не минути».

네미가 강에는 머리가 다발로 흩깔리고,
강철 도리깨로 탈곡되어,
타곡장으로 옮겨져,
영혼은 육체에서 까불러졌다.
피로 물든 네미가 강변은
씨를 뿌리기엔 좋지 않았으니 ―
루시 아들들의 뼈가 뿌려졌다.

공후 브세슬라브는 사람들을 재판하고
다른 공후들에게 도시를 나누어 주고는,
자신은 한밤중에 늑대처럼
키예프에서 트무타라칸의 수탉을 좇아 달려가고,
위대한 태양신인 호르스 신의 길을 앞질러 달려왔다.
브세슬라브를 위해 폴로츠크에서 아침 동틀 무렵 일찍이
      성 소피아 사원의 종이 울리면,
그는 키예프에서 그 종소리를 들었다.
강인한 육체에 마법의 영혼이 깃들어 있었지만,
브세슬라브는 종종 불행을 겪었다.

그에게 예언자 보얀이
     오래전에 현명한 말을 주문처럼 되뇌였다.
       "영악한 이도,
       똑똑한 이도,
       영리한 새도,
       신의 심판은 피할 수 없다."

О, стонати Руской земли,
помянувше пръвую годину
   и пръвыхъ князей!
Того стараго Владимира
нельзѣ бѣ пригвоздити къ горамъ киевскимъ;
сего бо нынѣ сташа стязи Рюриковы,
   а друзии — Давыдовы,
нъ розно ся имъ хоботы пашутъ.
Копиа поютъ!

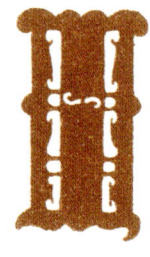

а Дунаи Ярославнынъ гласъ слышитъ,
зегзицею незнаемь рано кычеть:

«Полечю, — рече, — зегзицею по Дунаеви,
омочю бебрянъ рукавъ въ Каялѣ рѣцѣ,
утру князю кровавыя его раны
   на жестоцѣмъ его тѣлѣ».
Ярославна рано плачетъ
въ Путивлѣ на забралѣ, аркучи:

«О, вѣтрѣ вѣтрило!
Чему, господине, насильно вѣеши?

오, 신음하는 루시 땅이여,
너는 오랜 옛날과
　　　　오랜 공후들을 생각하는구나!
그 옛날의 블라디미르를
키예프의 언덕에 못 박아 버릴 수는 없었으니,
지금은 류릭의 깃발이 되었고,
　　　　또 일부는 다비드의 깃발이 되기도 했지만,
광포(廣布)는 제각각 따로 펄럭였다.
창은 노래한다!




두나이 강에 야로슬라브나의 목소리가 들린다,
어디선가 날아든 뻐꾸기가 일찍부터 뻐꾹뻐꾹 운다.

"날아가리니, 뻐꾸기가 되어 두나이 강으로,
비단 옷소매 카얄라 강에 적셔
우리 낭군님 고운 몸
　　　　붉은 피와 상처를 닦아 드리리."
야로슬라브나는 아침 일찍부터 푸티블 성벽의
망루에 나와 눈물을 흘리며 기원한다.

"오, 바람이여, 바람이시여!
왜, 정녕, 그대는 맞바람을 불게 하셨나이까?

Чему мычеши хиновьскыя стрѣлки
  на своею нетрудною крилцю
  на моея лады вои?
Мало ли ти бяшетъ горѣ подъ облакы вѣяти,
  лелѣючи корабли на синѣ морѣ?
Чему, господине, мое веселие
  по ковылию развѣя?».

Ярославна рано плачеть
  Путивлю городу на заборолѣ, аркучи:

«О, Днепре Словутицю!
Ты пробилъ еси каменныя горы
  сквозѣ землю Половецкую.

왜 히노바의 화살을
　　　당신의 가벼운 날개에 얹어
　　　우리 군사들에게 날려 보내셨나이까?
구름 아래에서 노니는 푸른 바다의
　　　범선을 어루만지는 것만으론 부족하셨나이까?
왜, 정녕, 나의 기쁨을, 부드러운 나리새속 풀을
　　　쓰다듬는 기쁨을 앗아가 버리셨나이까?"

　　　야로슬라브나는 아침 일찍부터 푸티블 성벽의
　　　　　　망루에 나와 눈물을 흘리며 기원한다.

"오, 더없는 영광인 드네프르여!
그대는 흐릅니다,
　　　바위산을 뚫고 폴로베츠 땅으로.

Ты лелѣялъ еси на себѣ Святославли насады
        до плъку Кобякова.
Възлелѣй, господине, мою ладу къ мнѣ,
а быхъ не слала къ нему слезъ
        на море рано».

Ярославна рано плачетъ
        въ Путивлѣ на забралѣ, аркучи:
«Свѣтлое и тресвѣтлое слънце!
Всѣмъ тепло и красно еси!
Чему, господине, простре горячюю свою лучю
        на ладѣ вои?
Въ полѣ безводнѣ жаждею имь лучи съпряже,
        тугою имъ тули затче?».

Прысну море полунощи,
идутъ сморци мьглами.
Игореви князю Богъ путь кажетъ
        изъ земли Половецкой
        на землю Рускую,
        къ отню злату столу.

Погасоша вечеру зари.
Игорь спитъ,
Игорь бдитъ,

그대는 실어가 버렸습니다,
        스뱌토슬라브의 배들을 코뱌크의 군대보다 먼저.
우리 낭군님을 내게, 제발, 조심해서 데려다주소서,
내가 바다 쪽으로 그분을 향해
        눈물 흘리지 않도록.

야로슬라브나는 일찍부터 푸티블 성벽의
        망루에 나와 눈물을 흘리며 기원한다.
"밝고도 또 밝고 밝은 태양이시여!
모두에게 그대는 따뜻하고 아름답습니다.
왜, 지배자시여, 작렬하는 뜨거운 광선을
        사랑하는 우리 낭군님의 군사들에게 내려 쪼이셨나요?
물 한 모금 마실 수 없었던 벌판에서 갈증에 겨워 활은 늘어지고
        슬픔으로 화살통을 메워 닫아버리셨나이까?

바다가 한밤중에 부글부글 거품이 일며,
회오리 바람이 먹구름을 실어 밀려 온다.
이고리 공에게 신이 길을 보여준다
        폴로베츠의 땅에서
        루시 땅으로 가는,
        아버지의 황금 옥좌로 가는 그 길을.

저녁 노을도 사라졌다.
이고리는 잠들었다,
이고리는 깨어났다,

Игорь мыслию поля мѣритъ
       отъ Великаго Дону до Малаго Донца.
Комонь въ полуночи Овлуръ свисну за рѣкою —
велить князю разумѣти:
князю Игорю не быть!
Кликну,
стукну земля,
въшумѣ трава,
вежи ся половецкии подвизашася.
А Игорь князь поскочи
       горнастаемъ къ тростию
       и бѣлымъ гоголемъ на воду,
въвръжеся на бръзъ комонь
и скочи съ него босымъ влъкомъ,
и потече къ лугу Донца,
и полетѣ соколомъ подъ мьглами,
избивая гуси и лебеди
       завтроку,
       и обѣду,
       и ужинѣ.
Коли Игорь соколомъ полетѣ,
тогда Влуръ влъкомъ потече,
труся собою студеную росу:
претръгоста бо своя бръзая комоня.

Донецъ рече:
«Княже Игорю!
Не мало ти величия,
а Кончаку нелюбия,
а Руской земли веселиа».

이고리는 머릿 속으로 초원을 재고 있다,
　　　　위대한 돈 강에서 작은 도네츠 강까지를.
한밤중에 오블루르가 강 건너 편에서 말을 부르며,
이고리 공에게 결정을 내리라고 재촉했다.
'공후여, 당신은 포로로 있어선 안됩니다!'
큰 소리가 나고
땅이 뒤흔들리고
풀잎이 요동치고,
폴로베츠의 천막이 들썩였다.
이고리 공은
　　　　갈대숲에서는 담비로
　　　　물에서는 하얀 물오리로 달아났다.
준마에 올라 타고서는
회색 늑대처럼 내달리다,
도네츠 강의 완만한 굽이에서는,
매로 변신해 구름 아래를 날았다.
거위와 백조를 잡아
　　　　아침,
　　　　점심,
　　　　저녁으로 먹기도 했다.
이고리가 매로 날면,
오블루르는 늑대로 내달렸다.
차가운 이슬방울을 뿌리며
두 사람을 태운 말은 이제 지쳤다.

도네츠가 말한다,
"오, 이고리 공이여!
당신에게는 위대함이,
콘차크에게는 증오가,
루시 땅에는 기쁨입니다"

Игорь рече:
«О, Донче!
Не мало ти величия,
лелѣявшу князя на влънах,
стлавшу ему зелѣну траву
        на своихъ сребреныхъ брезѣхъ,
одѣвавшу его теплыми мъглами
        подъ сѣнию зелену древу;

    стрежаше его гоголемъ на водѣ,
        чайцами на струяхъ,
        чрьнядьми на ветрѣхъ».

Не тако ли, рече, рѣка Стугна:
худу струю имѣя,
пожръши чужи ручьи и стругы

이고리가 말한다,
"오, 도네츠여!
네게도 큰 영광 있으라,
물결로 공후를 조심스레 어루만져 주었고,
초록빛 풀을
        은빛 강변에 깔아주고,
푸른 나무의 그림자 아래
           따뜻한 안개로 감싸주었노라.

또한 그대는 공후를 잘 지켜주었노라. 강에서는 오리로,
    물이 빠른 곳에서는 갈매기로,
      바람 부는 곳에서는 검은 잠수 오리로 말이다."

그러나, 이고리가 계속 말하길, 스투그나 강은 그러지 않았다.
물이 적은 스투그나 강은,
다른 지류와 물줄기를 빨아들이며,

рострена къ усту,
уношу князю Ростиславу завори.
Днѣ прь темнѣ березѣ.
Плачется мати Ростиславля
        по уноши князи Ростиславѣ.
Уныша цвѣты жалобою,
и древо с тугою къ земли прѣклонило.

А не сороки втроскоташа —
на слѣду Игоревѣ ѣздитъ Гзакъ съ Кончакомъ.
Тогда врани не граахуть,
галици помлъкоша,
сорокы не троскоташа,
полозию ползоша только.
Дятлове тектомъ путь къ рѣцѣ кажутъ,
соловии веселыми пѣсьми
        свѣтъ повѣдають.

Млъвитъ Гзакъ Кончакови:
«Аже соколъ къ гнѣзду летитъ,
соколича рострѣляевѣ
        своими злачеными стрѣлами».
Рече Кончакъ ко Гзѣ:
«Аже соколъ къ гнѣзду летитъ,
а вѣ соколца опутаевѣ
        красною дивицею».

넓은 하류는
젊은 로스티슬라브 공후를 집어 삼켰다.
드네프르 강변 한켠에서
로스티슬라브의 어머니가
　　　　　아들인 어린 공후의 죽음에 애달피 울었다.
꽃들도 슬픔에 시들고,
나무도 안타까움에 고개 숙였다.

까치가 지저귀는 소리가 아니라,
이고리의 뒤를 쫓아 그자크와 콘차크가 말을 달린다.
갈가마귀는 까악대지 않았고,
까마귀도 침묵했고,
까치는 지저귀지 않았으니,
큰 뱀들만이 기어다니고 있었다.
딱따구리들이 부리로 쪼면서 길을 알려주고,
꾀꼬리들이 즐거운 노랫소리로
　　　　　새벽을 알려온다.

그자크가 콘차크에게 말한다.
"만약 매가 둥지로 날아가면,
황금 화살로
　　　　　우리가 새끼 매를 쏘아버리자."
콘차크가 그자크에게 말한다;
"만약 매가 둥지로 날아가면,
새끼 매를
　　　　　아름다운 처녀로 속여보자."

И рече Гзакъ къ Кончакови:
«Аще его опутаевѣ красною дѣвицею,
ни нама будетъ сокольца,
ни нама красны дѣвице,
то почнутъ наю птици бити
    въ полѣ Половецкомъ».

Рекъ Боянъ и Ходына
Святъславля пѣстворца
    стараго времени Ярославля
    Ольгова коганя хоти:
«Тяжко ти головы кромѣ плечю,
зло ти тѣлу кромѣ головы», —
Руской земли безъ Игоря!

олнце свѣтится на небесѣ —
Игорь князь въ Руской земли.
Дѣвици поютъ на Дунаи, —
вьются голоси чрезъ море до Киева.
Игорь ѣдетъ по Боричеву
    къ святѣй Богородици Пирогощей.
Страны ради, гради весели.

그자크가 콘차크에게 말했다,
"만약 새끼 매를 아름다운 처녀로 속이면,
새끼 매도
아름다운 처녀도 없을 것이다.
새들이 우리를
　　　　폴로베츠의 들판에서 죽이려 할 것이다."


보얀과 호드이나가 이야기를 나누고 있다.
호드이나는 스뱌토슬라브의 가인(歌人)이자,
　　　　오래전 야로슬라브 시대에
　　　　　　공후 올레그의 총애를 받던 인물이다.
"어깨 없이 머리가 힘들고,
머리 없는 몸도 불행하다." —
이고리가 없는 루시 땅도 마찬가지이다.




태양은 하늘에 빛나고, —
이고리 공은 루시 땅에,
처녀들은 두나이 강에서 노래하고, —
그 목소리는 바다를 건너 키예프까지 울려 퍼진다.
이고리는 보리체프 언덕의
　　　　피로고시치아의 성모 교회로 간다.
온 나라에 반가움이요, 온 도시에 기쁨이다.

Пѣвше пѣснь старымъ княземъ,
а потомъ молодымъ пѣти!

Слава Игорю Святъславличю,
Буй туру Всеволоду,
Владимиру Игоревичу!»

Здрави, князи и дружина,
побарая за христьяны
          на поганыя плъки!

Княземъ слава а дружинѣ!
Аминь.

나이 많은 공후들에게 먼저 찬가를 부르고,
그 다음 젊은 공후들에게도 노래 부른다.

"영광 있으라, 이고리 스뱌토슬라비치에게,
성난 황소 브세볼로드에게,
이고리의 아들 블라디미르에게!"

만수무강을 기원합니다, 공후들과 충직한 기사들이여,
그리스도인을 위해
            이교도의 침입에 맞서 싸운 당신들에게!

공후들에게 영광, 기사들에게도!
        아멘.

# 『이고리 원정기』, 해설 번역[✣]

---

[✣] 이 번역은 독자들의 이해를 돕기 위해 일반적인 설명처럼 풀어쓴 글로, 리하쵸프의 글이다. 번역자는 앞부분 작품 번역을 읽고 그 다음 이 해설 번역을 보고, 그리고 다시 한 번 앞부분 작품번역을 보면 가장 좋은 독해가 되리라 추천한다.

## 들어가며

『이고리 원정기』는 이고리 스뱌토슬라비치의 원정을 기억하고 있는 당대인들을 위해 쓰여졌다. 『원정기』에는 당대인들은 충분히 이해할 수 있는 많은 암시와 오래된 사건에 대한 언급으로 가득한데, 오늘날 몇몇 부분은 부가적인 설명을 필요로 하기도 한다. 바로 이점으로 인해 통상적인 『이고리 원정기』 번역이 종종 모호함을 불러온다. 이런 모호함은 보통의 주석으로는 해소하기 힘들다. 주석 등으로는 작가의 생각과 그 연결된 흐름이 선명하게 밝혀지지 않으며, 문학 작품 독해시 매우 중요한 작품의 전체적인 인상이 끊기기도 하는 것이다.

해설 번역은 『원정기』의 내용과 작품의 이념적 측면, 그리고 구성을 독자들이 좀더 쉽게 이해할 수 있도록 해줄 것이다. 그러나 해설 번역은 여느 다른 번역을 대체하지는 못하며, 해설 번역이 작품에서의 역사적 사실과 텍스트 자체에 대한 상세한 주석의 필요성을 완전히 상쇄하지도 못한다.

『이고리 원정기』는 예외다 싶을 정도로 압축적이며 함축적이다. 여러 번 읽어야 할 정도이다. 작품을 되풀이해 계속 읽다보면 우리는 언제나 이전에는 그 내용의 심오함을 알아채지 못한 새로운 면을 발견하곤 한다. 이런 점에 해설 번역의 의미가 있다. 아래 이어질 해설 번역 텍스트에서 괄호 속의 내용은 모두 우리의 보충 설명이다.[01]

『원정기』 작가는 자신의 말을 낡은 표현으로 시작하는 것을 거부하고, 당대의 실제 사건에 좀더 가까이 가져오려 한다. 작가는 보얀의 낡은 시작법을 소개한다.

　　형제들이여, 이고리의, 스뱌토슬라브의 아들 이고리의 원정에 관한 슬픈 이야기를 예로부터의 (낡은) 방법대로 시작하는 것이 좋지 않은가? ― (아니다,) 이 노래는 우리 시대 실제 일어난 일 그대로 시작해야지, 보얀의 (낡은) 방식으로는 안된다. 신묘한 보얀이 누군가에게 노래를 지어 바치려 하면, ("그 시대의 있는바"를 따라서가 아닌) 상상은 나무처럼, 땅 위를 달리는 회색 늑대처럼, 구름 아래의 잿빛 독수리처럼 펼쳐져 나갔다. 보얀은 아득한 옛날 그 시대 (루시 공후들간의) 전쟁을 자기가 어떻게 말했는지 기억하고 있다. (그리고) 열 마리의 매를 (손가락을) 백조 무리 (악기의 현) 위에 풀어 놓았다. (매 중에서) (백조를 잡은) 첫 번째 노래(「송가」)는 그 옛날의 '현명한' 야로슬라브와 (트무토로칸에서) 카소그인들의 부대가 지켜보는 앞에서 (카소그의 공후였던) 레데댜의 목을 벤 용감한 므스티슬라브 (블라디미로비치), 그리고 (트무토로칸 공후인 스뱌토슬라브 야로슬라비치의 아들인) 아름다운 로만 스뱌토슬라비치에게 바쳐졌다. 형제들이여, 보얀은 매 열 마리를 백조 무리에 풀어 놓은 것이 아니라 자신의 지혜로운 손가락을 살아 움직이는 듯한 현 위에 올려놓은 것이다. 이 열 손가락이 마치 저절로 (아무런 별다른 애를 쓰지 않아도, 우리에게 익숙한 오래된 표현을 빌리자면, "오래된 말들이") 공후들에게 송가를 웅얼거렸던 것이다.

### 작가는 자신의 이 이야기의 시대적 경계를 정한다

(자, 그럼) 시작해 보자, 형제들이여, (키예프 대공인) 옛날의 블라디미르 (스뱌토슬라비치)로부터 오늘날의 (노브고로드-세베르스크의 공후인) 이고리 (스뱌토슬라비치)에 이르는 이야기를 시작해 보자. 이고리는 자신의 의연함으로 정신을 가다듬고, (자신의 생각을 용맹함으로 단단히 무장하고) 용기를 내 마음을 굳게 먹고, 승리를 위한 결의를 단단히 하고는, 자신의 용감한 부대를 이끌고 루시 땅을 위해 폴로베츠인들의 땅으로 진격해 들어갔다.

### 슬프고 걱정스러운 이고리 원정의 시작과 일식의 흉조

그때 (그 슬픈 원정의 시작 무렵) 이고리가 밝은 태양을 올려 보았을 때 (무시무시한 흉조를) 알아차렸다. 그(이고리)에게서 어둠이 (일식이) 모든 부대를 덮어 버린 것이다. 이고리는 가까운 장수들에게 말했다. "형제들이며 기사들이여! 차라리 (영광스럽게도) (전투에서) 목이 잘리는 것이 나을 것이다, (치욕스럽게 가만히 앉아 폴로베츠인들의 침략을 기다리다) 포로가 되는 것보다. 자, 형제들이여, 우리 준마들에 올라 (원정을 떠나) 푸른 돈 강을 바라보자 (폴로베츠의 땅으로 가자)." 공후의 이성은 (사고는) 뜨거운 열망에 굴복했고, 위대한 돈 강의 물을 마시고자 하는 욕망은 (좋지 않은) 전조를 덮어 버렸다. "기필코, - (이고리는) 말했다 - 폴로베츠의 벌판에 들어서며 나 또한 창을 부러트릴 것이다 (직접 적장과의 일대일 결투에 나설 것이다). 루시의 아들들이여, 내 목이 부러지지 않으면, 너희들과 함께 투구로 돈 강의 물을 마실 것이다 (돈 강에서 폴로베츠 인들을 무찌를 것이다)."

### 보얀이 이고리의 원정을 어떻게 노래했을 것인지에 대한 작가의 제안

오, 보얀이여, 지나간 세월의 꾀꼬리여! 너는 아마 (이미) 이 원정을 (꾀꼬리처럼) 노래했겠지. 꾀꼬리처럼 상상속의 나무 줄기를 따라, 구름 아래를 날며, 두 시대의 (이 이야기의 시작과 끝인 "옛날의 블라디미르에서 오늘의 이고리까지의") 영광을 (하나로 합해) 노래하며, (오래전 이교 루시의 신인) 트로얀의 오솔길을 따라 들판을 지나 산으로까지 이리저리 뛰어다니며 (즉, 엄청난 공간과 거리를 상상으로 이동하며) 노래했겠지. 손자는 (아래에 언급될 벨레스 신의 손자인 보얀은) (어쩔 수 없이) 이고리의 (이고리에게 바치는) (아주 낡은 싯구로 된) 노래를 불렀다. "(루시의) 매들을 넓은 벌판 건너 데려가 버린 것은 폭풍우가 아니었다, (폴로베츠의) 까마귀 떼는 (목숨을 겨우 건져) 위대한 돈 강 쪽으로 도망가고 있다." 또는, 오 위대한 보얀, 벨레스의 손자여, (보얀 너는) (마치 이렇게) 노래 불러야 했다. "(적의) 말들은 (경계를 이루는) 술라 강 건너에서 울부짖고, (한편) (승리의) 송가(頌歌)는 (이미) 키예프에서 울리고, 나팔소리는 (이제 겨우) 노브고로드 (세베르스크)에서 (군대를 호출하며) 울려퍼지고, 군기(軍旗)는 (이미) 푸티블에 높이 올려 세워졌다!"

### 브세볼로드는 원정을 떠나려는 형 이고리의 뜻에 찬성한다

(그리고 여기) 이고리는 (함께 원정을 떠나기 위해) 다정한 동생 브세볼로드를 기다린다. '성난 황소' 브세볼로드는 (이고리에게 찬동하며) 그에게 말한다. "하나뿐인 형제이자 찬란한 유일한 빛인 - 너, 이고리여! 우리 둘은 스뱌토슬라브의 아들들이다! (우리 둘은 용감한 한 가문 출신이다). (그렇게) (나의) 형제여, 우리들의 준마에 안장을 얹자. (이미) 나의 말들은 준비가 다 되었다. 쿠르스크 근처에서 이미 모두 무장을 마쳤다. 쿠르스크에서 온 나의 부하들 또한 백전노장의 용사들이다. 나팔 소리에 늘 파묻혀, 투구를 쓴 채 어리광을 부리고, 창 끝으로 음식을 받아먹으며 자랐났다. 초원의 길도 훤히 꿰뚫고 있고, 깊은 골짜기도 잘 알며, 활도 팽팽이 당겨졌고 (전투 준비도 마쳤고), (준비를 다해) 화살통도 활짝 열어놓고, 칼도 날을 퍼렇게 세워뒀다. 나의 부하들은 마치 야생의 회색 늑대처럼 초원을 누빌 것이다, 자신들의 은상(恩賞)과 공후의 영광을 위해."

### 이고리의 원정 출발과 불길한 전조

이제 (브세볼로드를 만나고 난 뒤) 이고리 공은 황금 등자에 올라 (원정에 착수해) 드넓은 벌판을 질러 원정을 떠났다. 태양은 어둠으로 (일식으로) (위험을 미리 알리며) 길을 가렸고, (마치 이고리에게 조심하라는 신호를 보내려는 듯이) 밤은 벼락으로 새들을 깨웠다. (초원의 들짐승들의) 짐승들의 (무시무시한) 울부짖음이 들려오고, (동방 민족들의 신

성시하는) 괴조(怪鳥)는 (루시인들의 원정을 폴로베츠인들에게 알려주기 위해) 홰홰 날개 치며 나무 꼭대기에서 울음으로 (폴로베츠의 초원 지대인) 미지의 땅에게, 볼가 강, (술라 강을 따라 루시와 접경하고 있는) 포모리예 땅, 포술리야 땅, (크림의) 수로쥐, 코르순 (즉, 루시와 사이가 좋지 않은 초원의 유목민들이 주로 거주하던 키예프 루시 동남쪽 모든 접경 지역), 그리고 너, (아조프해 근방 트무토로칸에서 멀지 않은 곳에 서 있던 이교신인) 트무토로칸의 우상(偶像)은 (루시인들의 원정을) 잘 들으라고 명령했다. 폴로베츠인들은 사람이 거의 다니지 않는 길을 따라 (즉, 아직 길이 나지 않은 길을 따라, 보통 원정 이전에 아주 급하게 매우 서둘러 만들어지는 그런 길을 따라) 위대한 돈 강 쪽으로 (이고리의 부대와 맞서기 위해) 급히 옮겨갔다. (폴로베츠인들의) 밤중에 삐걱대는 수레 소리는 마치 화난 백조의 울음 소리 같았다. (그렇지만) 이고리는 (이런 모든 흉조에도 불구하고) 돈 강으로 군사들을 이끌고 갔다.

벌써, 이고리의 (패배와) 불행을 참나무 숲의 (맹조류들과) 새들이 경고하고 있었다 (그러면서 전투가 벌어질 들판에서의 먹이, 즉 시체를 기다리고 있었다). 늑대들은 가파른 골짜기 양편에서 섬짓할 정도로 울부짖고 있었다. 독수리는 (먹이를 미리 맛보고 싶어하는 듯) 짐승의 뼈를 부리로 쪼며 무리를 부르고 있었고, 여우들은 (루시인들의) 선홍빛 방패를 향해 캥캥거렸다. 오, 루시 땅이여! 너는 이미 언덕(경계) 너머에!

### 초원에서의 이고리 부대의 숙영과 아침의 전투 대형 구축

오래도록 밤은 어두웠다. 저녁놀은 빛을 잃어가고 (밤이 깊었고), (이처럼) 연무는 벌판을 뒤덮었다. (이윽고) 꾀꼬리의 지저귐은 (또한) 잦아들었고, (아침의) 갈가마귀 소리가 들려왔다. 루시의 아들들은 선홍빛 방패로 너른 벌판을 둘렀다(즉, 폴로베츠 부대와의 전투를 위한 대형을 갖췄다), 자신들의 은상과 공후의 영광을 위해.

<u>이고리의 부대는 폴로베츠의 선발대를 격파한다. 많은 전리품을 이고리의 부대는 얻게 되었고, 이고리는 적들의 전투 깃발을 가졌다.</u>

금요일 아침 일찍이 위대한 루시인들은 이교도 폴로베츠의 부대를 짓밟으며 (폴로베츠 부대의 전투 대형을 격파하며), 화살을 온통 벌판에 쏟아붓고, 아름다운 폴로베츠 여인들을 낚아채며, 황금과, 비단과, 값진 비잔틴 자수 비단도 챙겼다. (승리의 댓가로 얻게 된 전리품이 얼마나 많았냐면) 털로 된 숄과 망토, 그리고 비단과 모피를 덧댄 외투를 늪을 건널 다리로(즉, 진흙창 등을 지나가기 위해 놓는 널빤지나 통나무처럼) 쌓아 올리고, 갖가지 폴로베츠 무늬의 천으로 진창을 덮어 지날 수 있었다 (그 정도로 많았다). (부대의 상징이자 표식인) 붉은 깃발, 흰 깃발, 선홍빛으로 물들인 말꼬리 장식, 은빛 장대는 용맹한 스뱌토슬라브의 아들에게 (이고리에게) (돌아갔다)!

<u>올레그의 아들인 공후의 용감한 부대는 하룻밤 더 초원에서 숙영을 한다. 공후의 운명에 대한 작가의 서정적 사색과 이고리 부대를 향해 폴로베츠 본진이 돈 강 쪽으로 이동한다.</u>

(여기) 벌판에서 용맹한 올레그의 후손들이 피로를 달래고 있다. 멀리도 날아 왔구나! 그러나 올레그의 자손들이 태어난 것은 매나, 검은 매, 너, 검은 까마귀와 이교 폴로베츠에게 모욕 따위나 받기 위함이 아니다! (한편, 이때) 그자크는 회색 늑대처럼 달리고, (앞에 선) 콘차크는 (자신의 부대가 지나는 길로 뒤따르는 그자크와 그의 부대에게) (이고리 공의 부대에 맞서기 위해) 위대한 돈 강으로 향하는 길을 보여주고 있다.

폴로베츠 부대의 이동. 작가의 아쉬움

다음날 이른 아침, 핏빛 새벽놀이 빛을 알려올 때 검은 먹구름이 바다로부터 밀려와, 네 태양을(네 명의 공후, 이고리, 브세볼로드, 올레그와 스뱌토슬라브) 뒤덮을 듯, 먹구름 속에는 푸른 번개가 번쩍였다. 거대한 벼락이 (벼락과도 같은 전투가) 있을 것이고, 위대한 돈 강에서 화살이 비처럼 쏟아질 것이다. 여기서 창은 부러질 것이며 (백병전으로 전투가 시작될 것이며), 여기서 칼은 부러질 것이다, 폴로베츠인들의 투구에 부딪혀. 위대한 돈 강의 카얄라 강에서. 오, 루시 땅이여! 너는 이미 언덕(경계) 너머에!

뇌우의 이동에 따른 묘사와 결합된 전투의 점진적 진행

스트리보그의 손자(바람의 신)인 바람이 (이미) 바다로부터 (폴로베츠 진영으로부터) 화살을 용감한 이고리의 부대로 실어 왔다 (궁수들이

활을 쏘며 전투는 시작되었다). (전투를 시작한 기병들의 말발굽 때문에) 땅이 신음하고, (말들이 건너느라고) 강물은 흐려지고, (수많은 폴로베츠 부대 군사들의 움직임으로) 먼지가 들판을 뒤덮고, (폴로베츠의) 깃발이 (그 펄럭임으로) 외친다: 폴로베츠인들이 돈 강에서 (동쪽에서) 그리고 바다에서(남쪽에서) 진격해 온다. 온 사방에서 러시아 군대를 에워쌌다. 악마의 자식들의 (공격하며 내지르는) 깍깍거림이 들판을 가로막고, 용감한 루시인들은 (수적 우위를 이용한 상대의 강력한 공격을 막아내기 위해 준비된 작전으로서, 밀집 대형으로 방패로 벽을 세우며 적의 압박을 이겨내기 위해) 선홍빛 방패를 둘러 막는다.

### 전투에서 성난 황소 브세볼로드의 공훈, 한창인 전투에서 브세볼로드는 부상도 느끼지 못할 뿐 아니라 봉건시대의 명예, 공후의 의무, 아내에 대한 사랑 등도 잠시 잊는다

 '성난 황소' 브세볼로드! 너는 싸움터 한가운데에서, 화살을 뿌려대며 강철 검으로 투구를 내려치는구나! 성난 황소여, 황금빛 투구를 번쩍이며 네가 내닫는 곳마다 이교도 폴로베츠인들의 머리가 굴러다닌다. 성난 황소 브세볼로드여, 너의 담금질된 칼에, 아바르인들의 투구가 갈라진다! 형제들이여, 그 어떤 상처가 두렵겠는가, (흙먼지 이는 전장에서) (심지어) 명예도 (여기서는 명예는 일반적인 의미가 아니라 봉건시대의 명예로서, 이는 자신의 주군, 구체적으로는 키예프 대공 스뱌토슬라브에 대한 충성과 복종의 맹세로 생겨나는 명예를 말한다), (자신이 다스리는 공령(公領)의) 부(富)도, 조상들의 도시 체르니고프의 황금 옥좌도, 사랑하는 그리운 아내 (올가) 글레보브나의 (페레야슬라블의 공후 글렙 유리예비치의 딸) 부드러운 애정의 손길[02]도 잊은 사람에게?

작가의 서정적 일탈, 작가는 루시의 과거를 회상하며 오늘날 올고비치 가문의 시조격인 올레그 스뱌토슬라비치를 회상한다. 이 올레그는 자신의 독자적인 원정과 군사행동으로 루시 땅에 공후들간의 내분을 처음 이끈 인물이다. 올레그 스뱌토슬라비치가 조장한 내분이 루시의 평화로운 민중들에게 불러온 끔찍한 결과

트로얀 (신)의 (이교의) 시대가 있었고, (그 다음) 야로슬라브가 ('현명한' 야로슬라브와 그의 아들들 — 야로슬라비치) 다스리던 시절도 지났고, (그리고) 올레그 스뱌토슬라비치, 올레그의 원정도 있었다. 이 올레그가 칼로 (루시 땅과 루시 공후들 사이에) 분란을 심었고, 화살을 씨앗처럼 땅에 흩뿌렸다. 올레그가 트무토로칸에서 (공후들 사이의 내분에 출정하기 위해) 황금 안장에 오를 때 (오르자마자), (갈등과 불화를 알리는) 안장의 종소리를 (이미 오래전에 죽은) 과거의 위대한 야로슬라브는 (현제는 공후들간의 반목에 반대했으며) (미리) 들었다. 브세볼로드의 아들 블라디미르는 (모노마흐(Мономах)라 불리는 그 블라디미르이며, 올레그 스뱌토슬라비치와 같은 시대의 인물로, 사촌 동생이다, 아버지 야로슬라블과 마찬가지로 공후들간의 무력 다툼에 반대했다) 매일 아침 (자신이 다스리던) 체르니고프에서 (갈등을 알리는 종소리를 듣지 않으려고) 귀를 막았다. 뱌체슬라브의 아들 보리스의 오만은 (신의) 운명의 심판대로 이끌었으니, 젊고 주저함이 없었던 그는 (스뱌토슬라브

의 아들) 올레그를 모욕한 댓가로 카나나 강에 펼쳐진 초록 수의 (즉, 초록색 풀) 위에 눕혀졌다. 스뱌토폴크 (이쟈슬라비치) 또한 바로 그 (네자티나 니바에서 벌어진 전투와 비교될 수 있는) 카얄라 강에서 아버지의 (이쟈슬라브 야로슬라비치의) 시신을 (통상 죽거나 다친 사람을 옮길 때처럼) 헝가리인들이 끄는 마차로 키예프의 성 소피아 성당으로 모셔왔다. 그 시절, (이처럼 양쪽 모두 지는 싸움이었던 대인) 올레그 '고리슬라비치'(Гориславич)[03] 시대에 형제간 내분의 씨앗이 뿌려지고 자라나며, 다쥐보그의 후손들이 (루시 사람들이) 조상들의 유산을 잃고 공후들간의 다툼으로 많은 이들이 죽어갔다. 이제 루시 땅에는 (말로 농사짓는) 농부들의 (밭 가는) 소리는 들리지 않고, 커다란 갈가마귀들만이 시체를 두고 종종 다툼을 벌이며 까악거렸으니, 조그만 까마귀들도 혹 제 몫이 있을까 곁에서 울어댔다.

## 올레그 스뱌토슬라비치의 전투와 오늘날 공후인 그의 후손들의 전투의 비교. 이고리 부대가 치른 전투의 치열함

(오래된) 이런 전투도 있었고 저런 원정도 있었지만, 그런 (여기서는, 이고리 스뱌토슬라비치의) 전투 얘기는 들어본 적이 없었다! 아침 일찍부터 저녁까지, 저녁부터 날 밝을 때까지 폴로베츠의 땅 이름 모를 벌판 어딘가에서 방패도 뚫는 날 선 화살이 날고, 칼이 투구에 부딪히는 소리가 울리고, 다마스커스 강철 창이 부러졌다. 말발굽 아래 검은 땅에는 (죽은 자의) 뼈가 뿌려지고, 피로 적셔졌다. 흩뿌려진 뼈는 슬픔으로 루시 땅에 다시 싹터 올랐다.

### 이고리 부대의 패배, 루시인들의 불행에 공감하는 자연

　웅성거리는 저 소리 (지금 내게도 전해져오는 이 소리는 뭐지?), 쟁쟁거리는 저 소리 (내게도 들려오는 이 소리는 뭐지?) 동도 트기 전, 멀리서 (전투가 벌어진 먼 벌판에서) 들려오는 저 소리는 뭐지? (그) 이고리 (스뱌토슬라비치)는 다정한 형제 브세볼로드가 걱정이 된 나머지, (체르니고프의 투르크 유목민) 부대를 돌렸다. 하루를 (꼬박) 싸웠고, 다음날도 전투를 치렀다, 세째날 정오 무렵, 이고리 공의 군기가 꺾였다. (즉, 이고리의 군대가 패했다) (이고리와 브세볼로드) 두 형제는 물살이 센 카얄라 강에서 (포로가 되어 서로 다른 두 폴로베츠의 지도자에게 잡혀가며) 헤어졌다. 붉은 포도주가 모자랐고 용감한 루시인들은 잔치를 (전투를) 끝냈다. 중신애비들은 (폴로베츠인들과 폴로베츠 공후들을 말하는데, 이들은 루시 공후들과 종종 혼인을 맺었기 때문에, 문자 그대로의 의미로도 해석될 수 있다) 진탕 퍼먹였으나 자신들은 쓰러진 것이다, 루시 땅을 위해. (자연도 이고리와 루시인들의 패배를 슬프게 여겨) 안타까움에 풀은 고개를 숙이고, 슬픔에 젖은 나무는 땅에 엎드렸다.

### 루시 땅의 어려운 상황에 대한 작가의 암울한 생각

　형제들이여, 비탄의 시간이 왔으니, 황야는 (사람이 살지 않는 곳, 초원) 군대를 뒤덮어 버렸다. (즉, 초원의 풀들이 전사한 시체를 덮었다) 다쥐보그 손자의 (병사들이 전사한) (루시의) 군대에 슬픔은 피어 올랐고, 슬픔은 처녀처럼 트로얀의 (루시의) 땅으로 밀려 들어와, 돈 강의 푸른 바다에 백조의 날개를 퍼덕였다. 슬픔은 날갯짓으로 아름다운 시절을 흩날려 버렸다. 공후들은 더 이상 이교도에 맞서 싸우질 않고, 서로서로들 (공후 자기들끼리) 이렇게 말했다: "이건 내 것이다. 그리고 저것 역시 내 것이다." 공후들은 하찮은 것도 "이건 중요하다"고 말하며, (이로써) 다른 공후를 겨냥한 싸움거리를 찾아냈다. (이런 상황을 이용해) 이교도들은 곳곳에서 승승장구하며 루시 땅으로 몰려 왔다.

### 전투에서 목숨을 바친 이고리 전사들에 대한 애도

오, (안타깝게도,) 새를 (폴로베츠인을) 쫓아 매가 바다 너무 멀리 날아갔구나, 용맹한 이고리의 부대는 다시 일어서지 못하리! (일어난 일을 되돌리지는 못하리!) (이고리 원정에 함께 했다가 전사한 이들에 대해) 카르나가 목놓아 울려 퍼지고 (눈물 흘리며 만가를 불렀고), (장례의 신인) 젤랴가 루시 땅에 번져 흐르며, 타오르는 (장례용) 뿔의 불씨가 흩뿌려진다.[04] 루시의 부인들이 섧게 울며 넋두리 같은 혼잣말을 한다. "이제 우리 다정한 지아비를 생각으로 그릴 수 없고, 마음으로 기릴 수 없고, 눈으로 바라볼 수 없구나. (손으로) 금은 보화 따위가 (따위를 만져도) 무슨 소용이길래."

### 이고리 패배의 결과

형제들이여, 키예프는 슬픔에, 체르니고프는 불행에 잠겼다. 그리움이 루시 땅을 적셨고, 커다란 슬픔이 루시 땅에 흘렀다. 공후들은 서로를 비난하며 다퉜고, (폴로베츠) 이교도들은 승승장구하며 루시 땅으로 쳐들어와 집집마다 공물을 걷었다.

이고리의 패배가 전 루시 땅에는 그렇게 엄중할 수 밖에 없는 이유의 해명, 이고리의 불행한 원정은 그 이전, 키예프의 대공 스뱌토슬라블이 폴로베츠인들에 대해 펼친 성공적인 원정을 무효로 만들어 버렸다

용감한 스뱌토슬라브의 두 아들 이고리와 브세볼로드는 아버지가 잠재운, (이 모든 일들의 기화가 된) 폴로베츠를 둘러싼) 공후들간의 불화를 깨워냈다. 위대한 키예프 대공인 준엄한 스뱌토슬라브는 (이 스뱌토슬라브는 바로 위의 스뱌토슬라브와 다른 인물로서, 이고리와 브세볼로드에게는 삼촌이 되고, 키예프 대공 스뱌토슬라브에게는 두 사람이 손위 조카가 된다) 벼락처럼 (적들에게 무시무시한 공포를 불러오듯이) (이고리의 원정이 있었던 1185년보다 1년 전에) 막강한 군대를 이끌고 강철 검을 앞세워 폴로베츠의 땅으로 진격해 들어가, (폴로베츠의) 언덕과 계곡을 짓밟고 강과 호수를 (부대를 앞세워 건너며) 흐려 놓고, (길을 메울 정도의 수많은 군사로 '지나가기 어려운 곳'은 '다리를 놓으며') 급류와 늪을 말려 버렸다. (아조프 해의) 후방에 있던 이교도 코뱌크를 강철같은 폴로베츠의 막강한 군대에서 마치 회오리 바람이 뽑아내듯 (포로로 붙잡아), (가장 교활한 한(汗)인) 코뱌크를 키예프로 잡아와 (손님들이 머무르던 크고 넓은 건물이지만 많은 포로를 잡아올 때는 가끔씩 감옥으로도 쓰이던) 감옥에 쳐넣었다. 독일인, 베네치아인, 그리스인, 체코인들이

스뱌토슬라브에게 송가를 부르고, 이고리 공을 비난한다. 폴로베츠의 강인 카얄라 강 바닥에 많은 것을 빠뜨리고, 루시의 보배를 흩뿌렸기 때문이다 (이고리의 패배로 루시인들에게는 커다란 상실의 시대가 도래했기 때문이다). 이고리 공은 (공후의) 황금 안장에서 노예의 안장으로 옮겨 탔다 (노예가 되었다, 즉 포로가 되었다). (성벽의 제일 높고 넓은 부분으로, 보통 원정을 떠나거나 돌아오는 부대를 환송하고 맞이하고 주검으로 돌아온 자를 애도하는) 도시 성벽의 망루에서는 좌절감이 흘렀고, (루시의 여러 도시에서) 웃음은 사라졌다.

<u>작가는 이야기를 키예프의 키예프 대공 스뱌토슬라브로 옮겨간다, 스뱌토슬라브는 키예프에서 알 수 없는 마음이 매우 무거운 꿈을 꾸게 된다.</u>

스뱌토슬라브는 (자신이 기거하는, 즉 대공의 성채가 있는) 키예프의 (가장 높은) 언덕에서 (도무지 알 수 없는) 불길한 꿈을 꾸었다. "이날 밤 저녁부터, - (그가) 말하길, 내게 검은 수의를 입혀 주목(朱木) 침대 위에 눕혀뒀다. 슬픔이 녹아든 짙푸른 포도주를 내게 부으며, (루시인들을 향해 다 쏴버려) 텅 빈 이교도인들의 화살통에서 굵은 진주를 가슴에 내려놓아 나를 혼곤하게 했다. 황금빛 지붕의 나의 고대광실(高臺廣室)은 이미 대들보 없는 천정이다 (망자의 경우, 지붕 일부를 뜯어 그리로 시체를 집 밖으로 내기도 했음을 감안하면, 지금은 스뱌토슬라브 대공이 명백히 사망한 것으로 꿈에 등장하는 상황이다). 저녁부터 밤새도록 (흉조처럼) 회색 갈가마귀가 (키예프 인근) 플레센스크 근처 (키예프 부근의 강

인) 키얀 (강 근처) 숲이 있는 도시 끝자락에서 울더니, 회색 갈가마귀들은 푸른 (남쪽) 바다로 (즉, 불행한 사건이 일어난 그쪽) 날아갔다."

### 스뱌토슬라브의 보야르들이 이고리의 패배를 전하며 꿈의 뜻을 설명하고 있다

보야드들이 대공에게 이르길, "대공이시여, 공의 명민함을 슬픔이 흐리고 있나이다. 매 두 마리가 (이고리와 그의 친동생 스뱌토슬라비치) 조상의 황금 옥좌에서 날아간 것은, (마치 매 사냥 때 발목에 차꼬를 찬 매가 도망가) 트무토로칸 도시를 얻으려거나[05] 투구로 돈 강물을 마시려 (돈 강에서의 승리를 쟁취하려) 한 것 때문이었습니다. (이 두 마리) 매의 날개는 (이미) 이교도의 칼에 잘렸고, (매가 날아가 버리지 못하도록 평상시 매에게 채워두는 사슬이 달린) 쇠로 된 차꼬에 (채워져) 묶였습니다."

### 이고리의 패배가 새로운 국면에서 부상, 루시의 중심인 키예프의 스뱌토슬라브로 생각의 중심을 옮겨, 작가는 이고리의 패배를 루시 외부의 시점인 국제적 상황에서 판단한다.

(이고리가 폴로베츠인들과 전투를 벌인지) 3일째 되는 날에 어둠이 몰려왔다. 두 태양은 (이고리와 동생 브세볼로드는) 빛을 잃었고, 적자색 두 기둥은 (빛을 잃어) 빛이 꺼졌으며, 두 젊은 달(月)인 (이고리의 아

들) 올레그와 (이고리의 조카로 동생 브세볼로드의 아들인) 스뱌토슬라브는 어둠에 뒤덮이고 바다에 잠기며, (자신들의 패배로) (동방 민족인) 히노바인들에게 커다란 용기를 북돋웠다. (이고리가 전투에서 패한) 카얄라 강에선 (어둠의 세력이 빛의 세력을 물리치듯) 어둠이 빛을 가렸고, 폴로베츠인들이 표범 떼처럼 루시 땅을 휘젓고 다녔다. 이제 영광은 치욕으로 바뀌었고, 이제 (루시인들의) 자유는 (폴로베츠인들의) 억압에 크게 짓눌렸으며, 이제 괴조는 (루시) 땅을 향해 덤벼들었다. 고트족의 아름다운 처녀들은 푸른 바닷가에서 노래부르며 루시의 황금을 흔들고, (고트 (the Greuthungian Goths)의 왕 비니타르(Winithar, 또는 Vinithar, 376년 사망)에게 일격을 당한 안트(Antes)의 왕) 부스 (Boz, 380년 사망) 의 시대를 칭송하며 샤루칸(콘차크의 할아버지로, 1106년 블라디미르 모노마흐에게 대패한 폴로베츠의 지도자)의 복수를 부추긴다. 그대, 충직한 벗들이여, 우리는 이미 즐거움을 잃었노라!

이고리의 패배를 알고 난 뒤, 스뱌토슬라브는 자신의 금언(金言)을 말하며 이고리와 브세볼로드의 봉건 질서 위반을 비난하며 루시 공후들이 아무도 적극적으로 나서 도와주지 않는 것을 비난한다. 그리고는 이고리의 패배가 불러올 첫 번째 결과, - 폴로베츠인들이 루시 땅 페레야슬라블을 공격하는 것을 언급한다.

그때 (키예프) 대공 스뱌토슬라브 (브세볼로도비치)가 눈물 가득한 금언(金言)을 입 밖에 내며 말했다. "오, 나의 아들들 (루시의 어린 공후들), 이고리와 브세볼로드! 너무 일찍, 너희들은 폴로베츠의 땅에 칼로 모욕을 안겨주고, 스스로는 영광을 얻으려했다. 그러나 (그대들의) 폴로베츠인들과의 전쟁은 명예롭지 못했고, 이교도인들의 피를 흘리게 한 것도 명예롭지 못했다. 두려움을 모르는 그대들의 심장은 굳디굳은 강철로 주조되었고 용감하게 벼려졌다. 그대들이 나의 은빛머리에 무엇을 한 것이냐? (나는) 이제 (휘하에) 강하고 부유하며 많은 군사를 거느렸으며, 체르니고프의 보야르와 무장(武將)들과 함께 하고, 타트란, 셸비르, 토프차크, 레부그, 올베르인들까지 (즉, 체르니고프의 투르크계 유목민 모든 부대를) 거느린 나의 형제 (체르니고프 공후) 야로슬라블의 (브세볼로도비치의) 권세는 보이지 않는다. 이들은 방패도 없이 단도만으로 함성을 울리며 적들을 무찌르고, 선조들의 영광을 울려 퍼지게 했다. 그런데, 그대들은 이렇게 말했다지, '우리도 한번 (아무에게도 도움 청하지 않고 우리끼리만) 용감하게 싸워보자, (바로 1년 전, 키예프 대공 스뱌토슬라브 자신의 총지휘하에 루시 공후와 군대가 연합세력을 구축해 얻은) 과거의 영광을 되찾고, 미래의 영광은 (즉, 이번 우리 이 원정의 승리의 영광은) 우리끼리 나누자!' 형제들이여, (내) 이 늙은이가 젊어질 수 있다면 그건 기적이지 않은가? 매가 (나이가 들어) 늙어 (노화 현상의 하나로) 깃털이 (저절로) 빠질 때는 (즉, 젊었을 때의 힘을 잃어 전력으로 싸울 수 없을 때는), 새들을 높이 쫓아내며 둥지가 모욕당하지 않도록 한다. (곧, 나 역시 비록 늙고 힘은 예전같지 않지만, 나의 도시, 나의 공령, 루시 땅은 아직 지킬 수 있다) 그러나 불행은 - 공후들이 나를 돕지 않으니 (다른 공후들이 아무도 날 도와주지 않으니), (옛날의) 비극의 시간으로 되돌아갔다. 바로 리모프에서 폴로베츠인들의 칼 아래 비명이 일었고, (페레야슬라블의 공후) 블라디미르가 상처를 입었다. (너네들, 이고리와 브세볼로드의 섣부른 원정이 패배로 돌아가며 폴로베츠인들이 키예프 루시의 남쪽 접경 지대인 페레야슬라블 공령을 공격해왔고, 초원의 유목민들을 막아내는 바로 그 싸움에서 페레야슬라블 공후 블라디미르가 다쳤다) 글렙의 아들에게 (페레야슬라블 공후 블라디미르 글레보비치에게) 슬픔과 안타까운 마음만이!"

아래 글로 스뱌토슬라브의 '금언'이 끝이 나고, 이제 작가 자신이 직접 공후들에게 루시 땅을 지키라고 촉구한다. 작가는 블라디미르의 공후 브세볼로드 유리예비치에게 루시 땅을 위해 나서 달라고 부탁한다.

　　(블라디비르-수즈달 공령의) 대공 브세볼로드여 (유리예비치여)! 진정 그대는 멀리서라도 (한때 그대의 아버지 브세볼로드-유리 돌고루키가 다스리기도 했던 키예프와 키예프의 옥좌를 지키기 위해) 조상의 황금 옥좌를 지키기 위해 (블라디미스-수즈달에서) 달려올 생각은 하지 않았는가? 그대는 정말 (볼가강에 있는 모든 도시를 정복할 수 있을 정도로 수많은 병사를 동원해) 노로 볼가 강 물을 (다) (강 밖으로) 튀겨낼 수 있고, (그대는 돈 강의 물을 '떠 마시는' 정도가 아니라 돈 강 유역의 모든 땅을 죄다 점령하고) 돈 강은 (돈 강 강물 정도는) 투구로 (모두) 다 마셔 버릴 수도 있지 않은가? 만약 그대가 여기에 (북동쪽 그대의 공령 블라디미르-수즈달로 돌아가지 않고, 루시 땅 남쪽 키예프에 남아) 있었더라도, (폴로베츠의) 여자 노예든 남자 노예든 얼마든 (노가타나 레자니 정도의 금액, 즉 전혀 비싸지 않은 돈으로) (사고 팔 수) 있었을 것이다. (곧, 블라디미스-수즈달 공후 브세볼로드가 키예프에 머물러 있는 것 만으로도 폴로베츠를 엄청나게 잡아들여 얼마든 노예매매를 할 수 있을 정도

이다). 그대는 육로로 멀리 있는 글렙의 아들들을 (블라디미르-수즈달의 남쪽에 위치하고 있는 랴잔의 공후 글렙 로스티슬라비치를 살아있는 창처럼 날려 보낼 수도 있는데 말이오 (폴로베츠의 침입에 제일 가까이 있는 공령의 공후로서, 마치 창을 던지는 것처럼 재빨리 보낼 수 있었을 것이다).

작가는 류릭과 다비드 로스티슬라비치에게 루시 땅을 지키기 위한 도움을 호소한다.

그대, 용맹스러운 류릭과 다비드여! 황금빛 투구를 쓴 저 피투성이 무사들은 당신 군사가 아니란 말인가? (당신들은 자신의 병사들의 복수도 하지 않을 것이란 말이오?) (폴로베츠의) 낯선 벌판에서 날이 시퍼렇게 선 (이교도의) 칼에 상처입고, 황소처럼 울부짖는 용감한 장수들은 당신 휘하가 아니란 말인가? (죽임당한 그대들 병사의 복수도 하지 않을 것이란 말이오?) 공후들이여, (제발) (원정을 떠나기 위해) 황금 등자에 오르시오, (이고리의 패배로 인한) 지금의 모욕을 되갚고 루시 땅을 위해, 그리고 이고리의 아픔과 용감한 스뱌토슬라브의 아들을 위해!

### 작가는 갈리츠키의 공후 야로슬라블 '여덟생각'에게도 루시 땅을 지키는 데 힘을 보태자고 호소한다

갈리츠키의 (공후) '여덟생각'[06] 야로슬라브여! (갈리츠키 크레믈의) 그대의 높은 황금 옥좌에 앉아, 강철 군대로 우고르 산맥을 (카르파티아 산맥을) 떠받쳤구려. (그대는) 헝가리 왕에게로 가는 (카르파티아 산맥을 넘는) 길을 막고, (비잔틴 황제에게 복종하는) 두나이 강의 (두나이, 즉,

다뉴브(=도나우) 강 유역의 민족들에게) 성문을 닫아 걸고 (즉, 카르파티아 산맥 너머 헝가리와 두나이 강 너머 비잔틴으로의 방어를 철저히 하고), 구름 위로 무거운 돌을 날려 보내며 (야로슬라블은 보통 원거리 원정을 떠날 때 자신은 군대와 함께 가지 않고 갈리치 공령에 남아 있었다) 두나이 강까지 질서도 잡았구려 (사법권을 행사하며 두나이 강 좌안, 동쪽 지역에 대해서는 갈리치의 지배를 확고히 했다). 그대의 진노가 온 땅에 내달고 (주변 모든 국가가 야로슬라브의 갈리치 공령을 두려워하고), (그대는) 키예프의 성문을 열어 젖히며 (키예프를 점령하며), 조상의 황금 옥좌에서 (아버지로부터 키예프를 물려받아 잠시지만 키예프 대공으로 지배하기도 했었다) 술탄을 향해 화살도 쏘는구려 (자신의 공령인 갈리치에 머무르며 저 멀리 투르크인들에게까지 군대를 보내 원정을 한다). (그대) 공후여, 활을 계속 쏘시오, 이교의 노예인 콘차크를 향해, 루시 땅을 위해, 이고리의 아픔을 위해, 용감한 스뱌토슬라비치를 위해!

## 작가는 볼르인의 공후 로만 므스티슬라비치와 므스티슬라블에게 루시 땅을 위해 나서줄 것을 요청한다

아, 그대 용맹스런 (볼르인의 공후) 로만과 (므스티슬라비치와) 므스티슬라브 (페레소프니츠키의 공후 야로슬라비치 또는 고로덴스키의 공후 브세볼로도비치[07])! 용기백배한 생각은 당신들이 공훈을 쌓도록 판단케 하도다. 전장의 공훈을 위해 (그대, 로만은) 높이 솟아올라, 바람에 활강하던 매가 용감하게 새를 낚아채듯 날아든다. 당신들에겐 라틴제 투구를 쓴 강철같은 병사들이 있다. 그들이 나타나면 땅이 흔들리고, 많은 나라가 - (초원의 유목민족) 히노바, 라트비아, 야트바기, (리투아니아 계통의) 데레멜라, 그리고 폴로베츠인들의 창을 내던지고 (전투에서 져 무기를 던지며 투항하고), 강철 검 아래 머리를 조아린다 (강철검에 머리가 잘려 나간다).

볼르인 공후들에 대한 호소는 미완인 듯 싶다. 로만의 승리에 대한 언급에서 영향받아 다시금 이고리의 패배에 대해 언급된다. 죽은 용사들은 다시 살아나지 못하리!

그러나, 이미, (폴로베츠인들에 대한 첫날의 승리와는 달리) 오, 이고리 공이여, 태양은 빛을 잃었고, 나무는 불행 쪽으로 잎을 떨어트렸다, 로시 강과 술라 강의 (루시의) 도시들을 (폴로베츠인들은 자기들끼리) 나누어 가졌다. 아, 이고리의 군대는 다시 일어서지 못하리! 공후여, (기억하는가!) "돈 강이 그대를 (부르고), 승리하자고 다른 공후들을 부른다!" 용감한 공후인 올레그의 아들들은 전장에 제때 도착했다, ... (이고리의 이 실패한 원정인 1185년의 원정이 있기 1년 전에 키예프 대공 스뱌토슬라브가 폴로베츠인들을 토벌하기 위해 루시 연합군으로 조직한 원정이 있었다. 그 원정에 이고리와 동생 브세볼로드는 준비가 늦어 참가할 수가 없었다. 그래서 이고리와 브세볼로드는 체르니고프 공령 가문의 영광을 위해, 자신들끼리라도 폴로베츠인들을 응징하고 '투구로 돈 강의 물을 맛보는' 단독 원정을 떠날 수밖에 없었으나, 이는 오히려 패배로 귀결되었다. 작품에도, 해설 번역에도 '제때 도착했다'는 말은 그 사실을 염두에 둔 표현이고 언급이다).

잠시 이고리의 패배에 대해 언급한 작가는 앞의 볼르인 공후들에 대한 호소로 되돌아 온다. 역시 볼르인 공령 가문의 공후들을 호명하며 루시 땅 방어전에 함께 해달라고 부탁한다.

인그바리 (야로슬라비치), 그리고 브세볼로드 (야로슬라비치), 그리고 므스티슬라브의 세 아들들이여 (볼르인의 공후 로만, 스뱌토슬라브 그리고 브세볼로드), 당신들은 좋은 둥지의 매이다! (그대들의 가문과 공령 또한 훌륭하다!) 그러나, 승리의 규칙에 따라 당신네들은 땅도 (전리품처럼) 얻지 않았소! (당신들의 멋진 무기인) 그대들의 황금 투구, 폴란드 창, 방패는 어디 있소? (부디) 당신들의 예리한 화살로 초원의 문을 지키시오 (초원에서 루시 땅으로 들어오는 입구를 막으시오). 루시 땅을 위해, 이고리의 상처를 위해, 용감한 스뱌토슬라비치를 위해!

폴로츠크 공후들에게 읍소하며 작가는 술라 강 근처의 남쪽 이교도, 드비나 강의 서쪽 이교도와의 루시의 국경이 매우 취약함을 지적한다. 작가는 서쪽 폴로츠크 공령의 공후 이쟈슬라브 바실코비치가 혼자서 루시의 국경을 넘보는 외적들에 맞서다 전장에서 외로이 쓰러져 갔음을 상기시킨다

이제 (폴로베츠와 경계를 이루는) 술라 강은 은빛 물결로는 페레야슬라블로 흐르지 않는다 (페레야슬라블을 폴로베츠인들의 침입으로부터 지켜주는 방어선의 역할은 못한다), (또 다른 방어선인 북서쪽의) 드비나 강은 느릿느릿 늪처럼 폴로츠크 주민들을 위해 (폴로츠크를 지켜주

는 역할을 하지 못한다) 흉폭한 이교도들의 (기독교 개종 이전의 리투아니아인들) 외침 아래 흐른다. (즉, 국경의 역할을 해주던 남쪽의 술라 강, 서쪽의 드비나 강의 유속이 매우 더뎌지며 일종의 샛강처럼 되어 버렸다. 그 결과, 강을 쉽게 건너지 못하는 역할을 전혀 못하게 되며 국경으로서의 기능을 완전히 상실했다) 바실코프의 아들 이샤슬라블 (정말) 혼자서 날카로운 검으로 리투아니아의 투구를 내려쳤으나 (리투아니아인들의 침략에 맞섰으나), 할아버지 브세슬라브의 영광을 땅에 떨어트렸다 (리투아니아인들에게 패배하며 그 옛날 폴로츠크 공령의 시조격인 브세슬라브의 빛나는 영광이 퇴색했다). 이쟈슬라브는 (자신의) 붉은 방패 뒤로 피로 물든 풀 위에 아끼는 장수들과 (함께) 리투아니아의 칼에 맞아 피를 흘리며 쓰러졌다. 그때 곁에서 말했다. "공후여, 그대의 충직한 장수들을 (죽은 고기를 먹어치우는) 새들이 날개로 꺾었으며, 짐승들은 (죽어 스러진 자들의) 피를 핥고 있도다." 이 전투에 (그의) 형제인 브랴치슬라브는 없었고, (또) 다른 형제인 브세볼로드도 없었다. 그렇게, 외롭게 혼자 싸우던 이쟈슬라블은 두려움을 모르던 용감무쌍한 자신의 몸에서 황금 목걸이와 진주같은 영혼을 받아 들었다. (전장의) 목소리는 잦아들고 (도시의) 기쁨은 사라지고, (항복의 표시로) 고로덴스키(도시)의 나팔은 (적들에게) 울려 퍼졌다.

자신들의 국경을 지키는 것이 힘든 폴로츠크 공후들의 허약함을 묘사하며 작가는 폴로츠크 공후를 포함한 모든 루시 땅의 공후들에게 서로서로 과거의 원한으로 인한 증오를 내려 놓기를 간절하게 호소한다. 그렇지 않으면 싸움을 벌이는 양쪽 모두 결국 패배하고 조상 대대로의 영광도

<u>잃어버릴 것이라고 말하고 있다.</u>

    야로슬라브의 (현제의) 모든 자손들과 (폴로츠크 공후) 브세슬라브 (의 자손들이)여! (언제나 죽고 죽이는 동족상잔을 멈추지 않았던 두 형제 공후 가문이여!) (패배의 상징이나 다름없는 당신들의) 군기를 내리고 (침입하는 외적이나 이교도와의 전쟁이 아닌, 형제들끼리의 전쟁으로) 무뎌진 칼은 (이제) 칼집에 집어 넣으시오, 당신들은 조상대대로 내려온 진정한 영광을 잃었소. 자신들의 간교한 계략을 위해 이교도를 불러들여 (야로슬라브 자손들의) 루시 땅을 공격하도록 하고, 브세슬라브의 유산을 파괴하도록 했소. (당신들의) 형제들간의 내분 때문에 결국 폴로베츠 인들의 침략이 시작된 것이오.

<u>희망없는 내분을 작가는 참회하지 않는 폴로츠크 공후 가문의 시조격인 브세슬라브 브랴치슬라비치의 운명을 통해 보여준다.</u>

    (이교의 신인) 트로얀의 일곱번째 (마지막) 시대에 (즉, 그리스도교를 받아들이기 직전 루시 땅 이교의 마지막 무렵) 브세슬라브는 자신이 사랑할 운명의 여인을 결정할 제비를 던졌다 (키예프를 차지하려는 뜻에서 비롯한 것이다. 한편 중세 유럽 문학에서 점령의 대상이 되는 도시는 종종 여인으로 표현되었다). (당시 키예프에 감금되어 있던) 브세슬라브는 꾀를 부려 (반란을 일으킨 키예프 시민들이 내놓을 것을 요구한) 말에 기대어서 (정확하게는 말의 배에 찰싹 붙어서), (키예프 도시 경계에 위치하던 자신을 가둬 둔 지하 감옥을 빠져나와) 키예프로 내달려 창 반대

편 장대 끝으로 키예프 대공의 황금 옥좌를 건드렸다 (브세슬라브는 아주 짧게 키예프 대공의 자리에 올라 앉기는 했다. 대공이 될 수 있는 계승권으로 정당하게 키예프 대공이 된 것은 아니지만, 그렇다고 무력을 동원한 것은 아니었다. 당시 키예프 공후들의 혼란을 틈타 대공이 된 것이었다. 그래서 텍스트에도 통상 무기로서 창날을 지칭하는 창(копье)이 아닌 창날을 꽂는 '장대(древок) 반대편 끝으로 키예프 대공의 옥좌를 살짝 건드렸다'고 말하고 있는 것이다!)

   성난 짐승처럼 (자신을 지지하며 그때의 키예프 공후들에 반란을 일으킨 키예프 시민에게서 도망치듯) 키예프를 빠져 나온 브세슬라브는 한밤중에 벨고로드를 달려 나왔다. 푸른 안개에 휩싸인 채, 행운도 따라서는, 전부(戰斧) 세 번을 두드려 노브고로드의 성문을 열어 (자유로운 분위기의 노브고로드를 세운) 야로슬라브의 (현제의) 영광에 도발을 한 뒤, 늑대처럼 네미가 (강)에서 (노브고로드 근처의) 두두트키까지 휘달렸다. 네미가 강에는 (죽은 병사들의) 머리가 다발로 흩깔리고, 강철 도리깨로 탈곡되어, 타곡장으로 옮겨져, 영혼은 육체에서 까불러졌다. 피로 물든 네미가 강변은 씨를 뿌리기엔 좋지 않았으니 - 루시 아들들의 뼈가 뿌려져 있었다 (평화로운 농경의 과정에서 파종을 한 것이 아니라, 키예프를 차지하려는 자신의 야욕과 노브고로드에 대한 무례함 등이 보여주는 공후 형제들에 대한 브세슬라블의 적개적 태도로 충분히 유추할 수 있는 점은, 공후 형제들간의 내분과 이로 인한 희생이 군사들의 죽은 뼈로 마치 씨앗처럼 밭에 뿌려졌다는 것이다. 그리고 키예프 루시 초기 이렇게 뿌려진 내분과 갈등, 불화, 반목의 '씨앗'은 나중 이고리 공후의 원정이 모티프가 되어 읊어지는 이 서사시에서 알 수 있는 것처럼, 당대에 여러 공후들에 의해 격화되는 내분과 대립의 양상으로 '열매를 맺게' 되는 것이다).

　공후 브세슬라브는 사람들을 재판하고 다른 공후들에게 도시를 나누어 주고는 (즉, 평범한 사람들도 공후도 자신이 다스렸다), 자신은 (은신처도 구하지 못하고) (벨고로드에서 도망 나온) 한밤중에 늑대처럼 키예프에서 트무타라칸의 수탉을 좇아 달려가고, (아침에 해가 다시 솟기 전까지) 위대한 (태양신) 호르스 신의 길을 앞질러 달려왔다 (즉, 한밤중에 키예프에서 흑해의 트무타라칸까지 1,000km가 넘는 거리를 달려가고, 거기서 반대로 새벽 수탉이 울기 전에 다시 벨고로드로 되돌아 달려왔다는 뜻이다. 하룻밤에 2,000km는 족히 넘는 거리를 오가는 신화적 면모를 보이고 있다). 도시의 공후 브세슬라브를 위해 (공령의 수좌도시) 폴로츠크에서 아침 동틀 무렵 성 소피아 사원 종탑이 새벽기도 종을 울리면, 브세슬라브 공후는 키예프의 (감옥에서) (어쩔 수 없이) 그 종소리를 들었다. 강인한 육체에 마법의 영혼이 (그에겐) 깃들어 있었지만, 브세슬라브는 불행을 자주 겪었다. 그에게 예언자 보얀이 오래전에 현명한 말을 주문처럼 (되뇌였다. "영악한 이도, 똑똑한 이도, 영리한 새도, 신의 심판은 피할 수 없다" (이후 브세슬라브의 삶은 자신이 일으킨 내분의 댓가를 징벌받는 삶이었다).


서정적 일탈을 통해 작가는 오랜 옛날의 루시 공후들과 루시의 적을 토벌하기 위한 원정 등을 회상하며, 이를 의견 일치도 보지 못하는 당대 공후 류릭과 다　드의 경우에 대비시켜 보여주고 있다

　오, 신음하는 루시 땅이여, 너는 (폴로츠키의 공후 브세슬라브 이전)

오랜 옛날과 아득한 옛 공후들을 (키예프 루시 최초의 인물들인 올레그, 이고리, 스뱌토슬라브, 블라디미르 등의 공후) 생각하는구나! 그 옛날의 (스뱌토슬라브의 아들) 블라디미르를[08] 키예프의 언덕에 못 박아 버릴 수는 없었으니 (블라디미르 대공은 키예프 대공으로 재위 시 루시 주변의 적들을 끊임없이 토벌하며 원정을 다녔다. 당연히 거의 늘 키예프를 비울 수밖에 없었는데, 그래서 키예프에 제발 좀 있어 달라는 의미에서 키예프 대공의 거처인 키예프의 가장 높은 '언덕에 못 박아 꼼짝하지 못하게 하겠다'는 의미가 표현되고 있다), 지금은 류릭의 깃발이 되었고, 또 일부는 다비드의 깃발이 되기도 했지만, 광포(廣布)는 제각각 따로 펄럭였다 (형제간인 류릭과 다비드가 폴로베츠로 원정을 떠남에 있어 서로 뜻이 맞지 않아 함께 강력한 연합군을 형성하지 못하고 있다). 창은 노래한다! (전투의 소리를 듣고 있다).

### 이고리에 대한 이야기로 다시 돌아와, 작가는 이고리의 아내 야로슬라브나의 애가(哀歌)를 전해준다

두나이 강에 (이고리 공의 아내이자 '여덟생각' 야로슬라블의 딸인) 야로슬라브나의 목소리가 들리니 (야로슬라브나의 목소리는 루시 땅의 끝인 그곳까지 다다랐다), 어디선가 날아든 뻐꾸기가 아침부터 뻐꾹뻐꾹댄다. "날아가리니, - 야로슬라브나가 말한다 - 뻐꾸기가 되어 두나이 강으로, (우리 그이가 싸움에서 패한) 카얄라 강물에 내 비단 소매를 적셔 우리 낭군님 고운 몸의 붉은 피와 상처를 닦아 드리리."
야로슬라브나는 아침 일찍부터 푸티블 성채의 너른 망루에 나와 눈물을 흘리며 기원한다. "오, 바람이여, 바람님이시여! 왜, 정녕, 그대는 (루시 군대 쪽으로) 맞바람을 불게 하셨나이까? 왜 히노바의 화살을 당신의 가벼운 날개에 얹어 우리 군사들에게 날려 보내셨나이까? (카얄라 강에서의 전투 때 바람은 바다 쪽에 진형을 차린 폴로베츠인들로부터 불어왔다고 한다. 물론, 이는 자신들의 근거지로서 그곳 지형 조건과 풍향, 식수로 쓸 수 있는 물의 양과 위치 등 전투에 필요한 모든 조건을 잘 아는 폴로베츠인들이 처음부터 유리한 지점을 고른 것이다) 구름 아래에서 노니는 푸른 바다의 범선을 어루만지는 것만으론 부족하셨나이까? 왜, 정녕, 나의 기쁨을 부드러운 나리새속 풀을 쓰다듬는 기쁨을 앗아가 버리셨나이까?"

야로슬라브나는 아침 일찍부터 푸티블 성채의 너른 망루에 나와 눈물을 흘리며 기원한다. "오, 더없는 영광인 드네프르여! 그대는 (드네프르 강을 가로 막고 있는) 바위산을 뚫어 폴로베츠의 땅으로 흘러갑니다. 그대는 (1년전인 작년과는 달리 이번에는) 코뱌크의 군대보다 스뱌토슬라브의 배들을 먼저 물길로 저 멀리 실어 가 버렸다. 우리 낭군님을 내게, 제발, 조심해서 데려다 주세요, 내가 (아조프 해를 면하고 있는 초원 쪽에 이고리 공이 포로로 잡혀 있었다고 한다) 바다 쪽으로 그를 향해 눈물 흘리지 않도록.

야로슬라브나는 아침 일찍부터 푸티블 성채의 너른 망루에 나와 눈물을 흘리며 기원한다. "밝고도 또 밝고 밝은 태양이시여! 모두에게 그대는 따뜻하고 아름답습니다. 왜, 지배자시여, 작렬하는 뜨거운 광선을 사랑하는 우리 낭군님의 군사들에게 내려 쪼이셨나요? 물 한 모금 마실 수 없었던 벌판에서 갈증에 겨워 활은 늘어지고 (3일에 걸친 초원에서의 전투 동안 이고리의 부대는 극심한 갈증으로 더욱 고통받았다고 한다. 위에서 말했듯, 폴로베츠인들은 바람을 등에 질 수 있는 곳과 전투가 하루를 넘길 때 물을 구하기 힘든 곳 등, 초원에서의 전투 조건을 너무나 잘 알고 있었음에 반해, 일부러 유도된 첫날의 승리에 도취해 '어딘지도 모르는 낯선 폴로베츠의 벌판'까지 유인당해 깊숙이 들어간 이고리의 경험 부족이 그대로 드러나는 대목이기도 하다), 슬픔으로 화살통을 닫아버리셨나이까?

### 야로슬라브나의 기도에 대한 답처럼 이고리는 '신이 보여주는 길로' 루시 땅으로 돌아온다

바다가 한밤중에 부글부글 거품이 일며, 회오리 바람이 먹구름을 실어 밀려온다. (이 표시로) 신이 이고리 공에게 폴로베츠의 땅에서 루시 땅으로 가는 길을, 아버지의 황금 옥좌로 가는 그 길을 보여준다.

### 이고리 탈주 묘사

저녁 노을도 자취를 감췄다. 이고리는 잠이 들었다가, 이고리는 깨어났다. 이고리는 머릿 속으로 위대한 돈 강에서 작은 도네츠 강까지 초원을 재고 있다. 한밤중에 (그리스도교를 받아들인 폴로베츠인으로 이고리의 친구인) 오블루르가 강 건너 편에서 말을 부르며, 이고리 공에게 결정을 내리라고 재촉했다. '공후여, 당신은 여기 이렇게 (포로로) 있어선 안 됩니다!' (오블루르가) 말을 (힘껏) 달리자 (말발굽 아래에) 땅이 뒤흔들리고 (말발굽에 스친) 풀잎이 요동치고, 폴로베츠의 천막이 들썩였다 (이고리의 탈주를 알아차린). 이고리 공은 (강변의) 갈대숲에서는 담비로, 강물에서는 하얀 물오리로 (변신해) 달아났다. (강 건너에 오블루르가 미리 준비해둔) 날랜 말로 바꿔 올라타고서는 회색 늑대처럼 내달리다, 도네츠 강의 완만한 굽이에서는 매로 변신해 구름 아래를 날았다. 거위와 백조를 잡아 아침, 점심, 저녁으로 먹기도 했다. 이고리가 매로 날면, 오블루르는 차가운 이슬방울을 뿌리며 늑대로 내달렸으니, 두 사람을 태운 말은 지쳤다.

### 이고리와 도네츠 강의 대화

도네츠가 말한다, "오, 이고리 공이여! 당신에게는 큰 위대함이, 콘차크에게는 증오가, 루시 땅에는 기쁨이!"

이고리가 (대답을) 말한다, "오, 도네츠여! 네게도 큰 영광 있으라, 물결로 공후를 (나를, 즉 이고리를) 조심스레 어루만져 주었고, 초록빛 풀을 은빛 강변에 깔아주고, 푸른 나무의 그림자 아래 따뜻한 안개로 감싸주었노라. 또한 그대는 (이고리) 공후를 멀리서부터 잘 지켜주었노라. 강에서는 (사람이 다가오는 것을 재빨리 알아차리는) 오리가 (공후에게 위험을 알려주었고), 물이 빠른 곳에서는 (물 위로 높이 날아올라) 갈매기가 (공후를 뒤쫓는 무리가 따라붙는지 살펴보고), 바람 부는 곳에서는 (사람이 다가오는 것을 재빨리 알아차리는) 검은 잠수 오리가 도와주었다." 이고리가 계속 말하길, 그러나, 스투그나 강은 그러지 않았다. (폴로베츠의 땅에서 흐르는) 물이 적은 스투그나 강은, 다른 지류와 물줄기를 빨아들이며, 하류에서 넓어지는데, (언젠가) (블라디미르 모노마흐의 동생인) 젊은 로스티슬라브 공후를 집어 삼켰다. 드네프르 강변 한켠에서 로스티슬라브의 어머니가 아들인 어린 공후의 죽음에 애달피 눈물 흘렸다. (그때) 꽃들도 슬픔에 시들고, 나무도 안타까움에 고개 숙였다.

<u>이고리 뒤를 쫓는 그자크와 콘차크가 어떻게 이고리를 포로로 억류할 것인가에 대해 이야기한다.</u>

까치가 지저귀는 소리가 아니라, 이고리의 뒤를 쫓아 (까치처럼 얘기하며) 그자크와 콘차크가 말을 달린다. (이고리 공이 탈출할때는 물오리, 갈마기, 검은 잠수 오리 등이 이고리 공을 도와주었던 것과는 달리, 그자크와 콘차크가 이고리 공을 쫓을 때는) 갈가마귀는 까악대지 않았고, 까마귀도 침묵했고, 까치는 지저귀지 않았고, (초원의) 큰 뱀들만이 기어다니고 있었다. 딱따구리들이 부리로 (스텝 깊은 계곡 지역의 강가에 자라는 풀숲 나무를) 쪼면서 (이고리 공에게) 길을 알려주고, 꾀꼬리들이 즐거운 노랫소리로 새벽을 알려온다.

그자크가 콘차크에게 말한다; "만약 매가 (이고리가) 둥지로 (자기 고향 루시로) 날아가면, 황금 화살로 우리가 새끼 매를 (아직 포로로 남겨져 있던 이고리 공의 아들 블라디미르) 쏘아버리자."

콘차크가 그자크에게 말한다; "만약 매가 둥지로 날아가면, 새끼 매를 아름다운 처녀로 속여보자 (폴로베츠 여인과 결혼시키자)."

그자크가 콘차크에게 말했다, "만약 새끼 매를 아름다운 처녀로 속이면, 새끼 매도 아름다운 처녀도 없을 것이다 (둘 다 루시로 떠나 버릴 것이다). 새들이 (매, 즉 루시인들) 우리를 폴로베츠의 들판에서 죽이려 할 것이다 (만약 인질을 보내 버린다면, 위험이 없어진 셈이니 루시인들은 우리에 맞서 다시 싸움을 걸어올 것이다)."

그자크와 콘차크가 대화하는데 보얀이 호드이나와 공후가 없는 루시 땅에 대해 이야기한다

보얀과 호드이나가 이야기를 나누고 있다. 둘 모두 호드이나는 스뱌토슬라브의 가인(歌人)이자, 오래전 야로슬라브 시대에 공후 올레그의 총애를 받던 인물이다. "어깨 없이 머리가 힘들고, 머리 없는 몸도 불행하다", 이고리가 없는 루시 땅도 이와 마찬가지이다.

그자크와 콘차크가 말한대로 되지는 않았다, 이고리는 루시로 돌아왔다.

태양은 하늘에 빛나고, — 이고리 공은 루시 땅에, (루시) 아가씨들은 두나이 강에서 (이고리 공을 기리는 송가를) 노래하고, — (그들의) 목소리는 바다를 건너 키예프까지 울려 퍼진다. (포로에서 다시 돌아온) 이고리는 (키예프의) 보리체프 언덕의 피로고시치야의 성모 교회로 간다. 온 나라에 반가움이요, 온 도시에 기쁨이다 (루시 사람들이 사는 저 멀리 두나이 강까지 모든 루시 땅이 이고리 공이 돌아온 것에 기뻐한다).

### 원정 참가 공후와 무장들에 대한 마지막 송가

나이 많은 공후들에게 먼저 노래를 (송가를) 부르고, 그 다음에 젊은 공후들에게도 부른다 (불러야 한다). (그래서는,) "영광 있으라, (연장 공후) 이고리 스뱌토슬라비치에게, 성난 황소 브세볼로드에게, (그리고 젊은 공후) 이고리의 아들 블라디미르에게!" 만수무강을 기원합니다, 공후들과 충직한 기사들이여, 그리스도인을 위해 이교도의 (폴로베츠의) 침입에 맞서 싸운 당신들이여!

공후들에게 영광, 기사들에게도!

아멘.

## 번역자 주

01   텍스트 편집자의 위의 말에도 나와 있지만 "해설 번역"(Объяснительный перевод)이라는 것은 새로운 번역이라기보다 해설이 작품 텍스트에 직접 많이 녹아 들어간 번역이다. 단순한 역주 보강이 된 것이 아니라, '노래'이자 '슬로보'(слово)라는 중세 동슬라브 문학 장르 특징인 반(半)산문, 반(半)운문처럼 쓰여진 작품으로, 작품 곳곳에 자세한 묘사나 사건 설명, 배경 묘사 등이 매우(!) 과감하게 생략되어 있다. 이런 생략된 부분을 리하쵸프는 이 산문 번역에서 ( ) 안에 적절히 보충해 넣었다. 그럼으로써 작품은 물론, 중세 루시의 사회와 문화, 역사에 대해 별다른 배경 지식이 없는 독자들도 한편의 '종결된 예술 작품'으로서 『이고리 원정기』가 충분히 이해될 수 있도록 풀어서 좀더 쉽게 읽을 수 있을 것이다. 번역자 입장으로서의 조언은 일단 앞의 텍스트 대역 번역을 읽으며 원작의 시적 분위기와 서사시적 힘을 느끼고, 그다음 이 해설 번역을 읽으며 그 내용을 정확하게 파악하면 훨씬 수월하고 낫지 않을까 싶다. 작품 번역과 해설 번역을 차례로 보고, 다시 한번 작품 번역을 본다면 그때 다가오는 느낌은 완연히 다를 것이다. 좀더 관심 있는 독자는 해설 번역 뒤에 있는 편집자 리하쵸프 자신의 주석과 번역자의 몇몇 역주도 함께 보면 작품에 대한 이해도 더욱 깊어질 것이라 확신한다. 800년의 시간과 10,000km에 육박하는 공간적 거리를 뛰어넘는 이 독해 작업이, 당연히 쉽지는 않을 것이라 생각한다면, 오히려 작품 읽기가 차라리 조금은 흥미로울 수 있지 않을까 감히 번역자는 생각한다.

02   러시아어로 남성에 대한 여인의 사랑의 감정을 표현함에 있어 "애정(또는 사랑)과 연모"(любовь и ласка)라는 관용적 표현이 있기도 하다. 한편, 같은 글자로 시작하는 두 단어를 골랐음은 물론 매우 의도적이다.

03   '슬픔(горе)'이라는 말에서 유래한 것으로, 러시아 부칭의 의미를 생각해 본다면 '슬픔의 자식들'이라고 풀어낼 수 있다. 비유적으로 쓰여, 올레그 스뱌토슬라비치가 시작한 형제 공후들간의 전쟁으로 인해 비난의 의미로 그 후손들을 총칭하는 표현이다.

04   이 부분은 연구가들 사이에서도 의견이 엇갈리지만, 장례와 관련된 모종의 의식을 묘사한 것으로 추정된다.

05   흑해와 아조프해의 연결하는 경계에 위치한 도시로 오늘날 러시아 연방의 타만(Тамань) 근처이다. 이 타만은 레르몬토프의 『우리 시대의 영웅』 2부 시작 부분에 등장하는 「타만」이라는 장의 배경이 되는 바로 그 곳이다. 무려 기원전 6세기 경, 그리스인들에 의해 해상과 육상을 잇는 교통의 요지로 도시가 설립되어 교역 도시로 발전하기 시작했다. 이 지역을 다스리던 하자르 칸국이 10세기 중반, 키예프 루시의 공후들에게 무너지고 난 뒤, 트무타라칸은 이 곳을 거점으로 비잔틴과 카프카즈 산맥 지역을 잇는 해상 교역을 발전시킬 수 있는 중요한 도시로서 키예프 루시의 많은 공후들이 탐을 냈던 곳이다. 흑해 연안이라 키예프 루시 공령 중에서도 남쪽에 위치한 키예프, 체르니고프 그리고 페레야슬라블 공령에게 이 지역은 조금은 특별한 의미가 있었다. 특히, 공후들 중 성년이 되기 전에 자신의 아

버지가 사망하면서 도시 계승권을 부여받지 못한 이른바 '추방공후(изгой)'들이 이 지역에 머무르기도 했다. '고리슬라비치'라는 슬픈 별명을 얻게 되는데 가장 큰 역할을 한 올레그 스뱌토슬라비치가 트무타라칸을 다스리고 있을 때, 키예프 공후였던 브세볼로드 야로슬라비치가 그 곳의 하자르인들과 내통을 해 올레그를 포로로 생포해 비잔틴으로 추방하고(1079), 자신이 트무타라칸을 점령, 통치하기도 했었다. 이 치욕을 잊지 않고 있던 올레그 스뱌토슬라비치는 몇 년 뒤 비잔틴의 원조를 얻어 다시 이곳을 점령하기도 한다(1084). 그러나, 1094년 이후 트무타라칸은 루시인들의 기록에서 완전히 사라진다. 너무 멀리 떨어져 있고, 비잔틴을 비롯한 다른 원 정주세력들이 너무 강해 키예프 루시 입장으로선 권력 기반을 공고히 다지기가 심히 힘들었을 것으로 추정된다. 키예프라는 중심과는 매우 멀리 떨어진 '변방'이자 비우호적인 세력들에 둘러 쌓였었기에 영지가 없는 '대안없는' 추방공후 정도나 머물렀는지 모른다. 어쨌든, '트무타라칸은 우리 체르니고프 공령의 땅이다'라는 가르침을 집안 대대로 내려 받았을 체르니고프 공령 공후들의 트무타라칸에 대한 수복, 탈환의 의지는 그 이후로도 여전히 뜨거웠다.

06    원어는 Осмомысл이며, 생각이 무려 8가지나 될 정도로 신중하고 멀리 앞을 내다볼 정도로 현명하고 지혜롭다는 뜻에서 유래한 별칭이다. 당시 키예프 루시의 가장 서쪽에 위치한 공령이었으며 카르파티아 산맥을 두고 헝가리와 접경하고 있었다. 한편, 야로슬라블의 딸은 이고리 공의 아내이기도 하다.

07    두 인물 중 누구인지, 현재까지의 기록으로는 정확하게 특정할 수 없다.

08    루시에 그리스도교를 받아들여, 성자로 추앙받는 그 성인 블라디미르를 말한다. 중세 루시 최초의 기명 유언장이라 할 수 있을, 죽음에 이르러 그가 남긴 『블라디미르의 유훈』의 필자(!)이기도 하다.

# 편집자 주[+]

- 드미트리 리하쵸프

---

[+] '『이고리 원정기』- 중세 러시아어 원본과 우리말 대역 번역' 장에 해당되는 주석이다.

1) 이고리 - 올레그의 손자이며 스뱌토슬라브의 아들, 체르니고프 공령의 공후. 1151년 태어나 1179년에 체르니고프 공령의 동쪽 작은 도시 노브고로드-세베르스크의 공후가 됨. 1198년에 야로슬라브 브세볼로도비치의 뒤를 이어 체르니고프 공령의 제일 중요한 도시 체르니고프의 공후 자리에 오름. (110쪽)

2) 신묘한 보얀 - 11세기 후반 살았다고 추정되는 음유시인으로서 공후들에게 승리의 노래를 부르고 구슬리(гусли)라는 동슬라브 전통 현악기 반주도 만들었다. (110쪽)

3) 옛 시절의 야로슬라브 - 키예프 대공 '현명한' 야로슬라브. 그는 아주 적극적인 통치자로서 자신의 치세에 키예프 루시의 정치적 통일을 대체로 잘 지켜냈다. 야로슬라브는 키예프 루시 남동부 변경의 스텝 지대 유목민들의 침입을 성공적으로 격퇴해 루시 땅 너머로 물리쳐냈다. 상당한 수준의 재능을 문학, 웅변술 및 다방면에서 직접 보여주었다고 전해지며, 이 당시 11세기 초중반의 키예프 루시는 유럽 전체에서도 매우 강력한 세력이었다. 1054년 죽었다. (112쪽)

4) '용맹한' 므스티슬라브 - 체르니고프와 트무타라칸의 유명한 공후이며, 야로슬라브의 동생이다. 6530(1022)년 라브렌티 연대기의 기록에 따르면, 므스티슬라브가 카소그인들에게 맞서 원정을 떠날 때, 카소그의 공후인 레데댜(Редедя)는 므스티슬라브에게 제안을 했다고 한다. 병사들의 희생을 피하고자 자신과 므스티슬라브가 1:1로 단판 결투를 벌여, 이긴 사람이 진 사람의 재산, 아내, 아이들과 영토 등 패자의 '모든' 것을 갖는

조건이었다. 므스티슬라브 역시 흔쾌히 동의했고, 두 사람은 결투를 벌였다. 시간이 오래 지나도록 승자가 가려지지 않았고 므스티슬라브는 차차 지쳐갔다. 루시 연대기의 기록에 의하면, 므스티슬라브가 진실한 기도를 올리며 만약 이 결투에서 이기면 훌륭한 교회를 짓겠다고 빌었다 한다. 기도로 힘을 얻은 므스티슬라브는 레데댜를 땅에 쓰러뜨리고 그의 칼을 뽑아 카소그 부대가 지켜보는 가운데 레데댜의 목을 벴다. 결투에서 승리하고 난 뒤, 므스티슬라브는 레데댜의 모든 재산, 아내, 자식들을 가졌으며 카소그 인들에게는 세금을 부과했다.

한편, 1874년 태어난 화가이자 철학자, 여행가며 동방연구자인 니콜라이 레리흐(H. K. Рерих)는 대조국전쟁(세계 2차대전)이 일어나자, 고령에도 불구하고 조국의 안위를 걱정하며 바로 이 900년전, 루시 공후와 이민족간의 대결을 다시 떠 올려 작품으로 담아내기도 했다. 1935년부터 탐사하던 히말라야와 인도에 거주하고 있었지만, 조국으로 돌아가려는 시도가 스탈린의 외면으로 무산되고 깊은 실의에 빠져있던 레리흐는 루시인들의 단합과 이민족과의 전쟁에서의 승리를 기원하는 자신의 마음을 아주 오랜 시절의 전설과도 같은 이 이야기로 풀어내고 있었다. (112쪽)

5) '아름다운' 로만 – 트무타라칸의 공후로 '현명한' 야로슬라브의 손자이며, 체르니고프 공후 스뱌토슬라브의 아들이며 올레그의 동생이다. 1079년 폴로베츠인들에게 죽임을 당했다. (112쪽)

6) 그 옛날의 블라디미르로부터 오늘의 이고리까지 – 키예프 루시에 그리스도교를 받아들인 키예프 대공 블라디미르(~1015)로부터 『이고리 원정기』 작품의 주인공 이고리까지를 말하며, 작품의 처음과 끝의 시간적 배

경을 이룬다고 말할 수 있다.(112쪽)

7) "испити шеломомъ Дону(; шлемом испить из Дону), 돈 강의 물을 마시자" - 중세 문헌 등에서 강의 물을 떠서 마시는 것은 이민족의 땅에서 거둔 승리의 표현이기도 하다. 한편, 번역자에게도 '70년대, 6.25 기념 포스터나 문구 등에 '압록강 물을 (수통으로) 마시자'라는 승리를 독려하는 문구가 들어가 있었던 것이 선명하게 기억에 남아 있다. (114쪽)

8) "рища въ тропу Трояню(; рыща по тропе Трояна), 트로얀의 오솔길을 따라" - 『원정기』에 트로얀(Троян)은 세 번 더 언급된다. "были вѣчи Трояни(트로얀의 시대는 저물었다)", "на землю Трояню(트로얀의 땅으로)", "седьмомъ вѣцѣ Трояни(트로얀의 일곱 번째 시대에)." 명백히, 트로얀은 이교의 신이었다. 그렇기에, '트로얀의 오솔길을 따라'는 '신의 길'을 의미하며, '트로얀의 일곱 번째 시대'는 우상숭배의 시대를 말하고, '트로얀의 땅으로'라는 부분은 루시를 의미한다. 마지막의 경우, 그 구절이 쓰인 곳에서 루시 인들은 슬라브 민족의 이교 태양의 신 '다쥐보그의 손자이다'라고 언급되며 그리스도교 수용과 개종 이전의 루시 인들을 말하고 있다. 벨레스, 다쥐보그 그리고 스트리보그 등의 다른 슬라브 이교의 신 또한 작품에서 함께 언급되고 있다. 작가는 물론 그리스도인이며, 단순히 시적 상징으로서 우상을 이렇게 지칭하고 있다. (114쪽)

9) 벨레스의 손자 - 여러 연대기에서 언급되는 벨레스는 음유시인과 목동의 신이다. 10세기 무렵 벨레스의 석상은 키예프, 로스토프, 노브고로드 등의 도시에 발견되었다고 한다. (114쪽)

10) "술라 강 너머 말들은 울부짖고, 키예프에는 칭송이 가득하네" - 간단한 듯한 이 표현은 루시 인들의 승리를 나타내는 말로 여겨진다. 술라 강은 드네프르의 왼편 지류로서, 폴로베츠인들의 영역에서 키예프에 가장 가까운 곳이었다. 따라서, '적들이 루시의 경계 근처에 다가올라치면, 직에 대한 루시의 승리의 노래가 이미 키예프에 울려 퍼진다' 정도의 의미이다. (116쪽)

11) "노브고로드에" - 작품에는 '노브고로드'라고 나오지만, 여기는 우리가 좀더 잘 알고 있는 북쪽의 '대 노브고로드(Великий Новгород)'가 아닌 키예프 루시 시대 키예프 근처의 '노브고로드-세베르스크'(Новгород-Северск)라는 도시이다. 데스나 강에 위치한 체르니고프 공령의 한 도시이다. 북쪽의라는 '세베르스크'라고 불리는 이유는 그곳에 살았던 정주민들을 '세레랸인들(сереяне)'라고 불렀기 때문이다. 1141년에 연대기에 처음으로 언급되며, 12세기 후반부에 가서야 비중있는 도시로 성장했다. (116쪽)

12) "푸티블" - 노브고로드-세베르스크 남쪽 세임(Сейм)강 하류의 작은 도시이다. 이고리의 아들로 원정에도 함께 참가한 블라디미르가 다스렸던 곳이다. 나중, 작품의 뒷부분에 이고리 공의 아내 야로슬라브나가 태양, 바람, 강의 신에게 남편의 귀환을 촉구하는 곳이 바로 이 푸티블이다. 노브고로드-세베르스크 공령 중에서 폴로베츠인들의 땅과 가장 가까운 곳 중의 한 곳이다. (116쪽)

13) '성난 황소' - 고대 루시에서 용기와 힘의 상징이었다고 한다. 이고리의

동생으로, 용맹함으로 이름 높았다고 전해지는 브세볼로드의 별명처럼 작품에선 언급되고 있다. (116쪽)

14) 쿠르스크에서 - 세임강 상류의 투스코라(Тускора)와 쿠라(Кура) 강변에 면한 도시이다. 쿠라강의 도시라는 뜻에서 지금의 도시 이름인 쿠르스크가 생겨났다. 쿠르스크는 11세기 초반에 연대기에 처음 언급된다. 루시와 폴로베츠인들간의 국경 도시의 개념으로, 이 도시의 주민들은 모두 용감하고 겁이 없으며 폴로베츠의 벌판과 길도 잘 안다고 서술된다. (116쪽)

15) 나팔 소리에 늘 파묻혀 투구를 쓴 채 어리광을 부리고 창 끝으로 음식을 받아 먹으며 자라났다 - 민간전승의 노래에도 종종 이와 유사한 모습이 등장한다. 특히 보가트이리(богатырь)라는 루시 무사의 어린 시절 성장에 관한 에피소드 등으로 많이 언급된다. (116쪽)

16) 괴조 - 단어 'див'에 대해 보편적인 지지를 받을 수 있는 설명은 아직 없다. 대부분의 연구자들은 괴조라는 이 단어가 일종의 신화적 존재가 아닌가 생각한다. 『이고리 원정기』 작품에서 괴조는 루시 땅에 적대적인 동방 유목 민족에 좀더 가까운 존재로 등장한다. (118쪽)

17) 그리고 너, 트무타라칸의 우상이여 - 트무타라칸은 흑해와 아조프해의 중간 좁은 바닷길목에 위치한 도시이다. 루시인들의 도시 훨씬 이전인 기원전부터 로마 제국 및 비잔틴 세력에 의해 교역 도시로서 융성하던 곳이다. 11세기부터서 루시에서는 체르니고프 공령의 공후들이 이 도

시를 여러번 다스렸으며, 그래서 지리적인 거리에도 불구하고 체르니고프 공령과 연관이 깊다. 그래서 이고리 공이 트루타라칸을 '아버지의 땅'(отчина)라고 생각하며 이 곳을 폴로베츠인들로부터 되찾는 것이 원정의 진정한 목적이다 라고 생각하는 것이다. (118쪽)

18) 폴로베츠인들은 사람이 거의 다니지 않는 길을 따라 위대한 돈 강 쪽으로 급히 옮겨갔다 - 11~12세기, 대규모 군대가 원정을 떠나기 전 도로를 개보수하고 늪지대와 같은 곳을 널빤지 등을 깔아 일종의 간이 다리처럼 부대의 원활한 행군을 돕도록 했다. 폴로베츠인들에게도 이고리의 원정은 워낙 갑작스러워 그들 역시 매우 급하게 준비를 했음을 알 수 있다. (118쪽)

19) 밤중에 삐걱대는 수레 소리는 마치 화난 백조의 울음 소리 같았다 - 유목민들은 수레 바퀴에 기름을 치지 않았다. 많은 짐수레가 한꺼번에 움직일 경우 바퀴에서 나는 소음은 멀리서도 들릴 정도로 매우 컸다. (118쪽)

20) 검은 먹구름이 바다로부터 밀려와 - 밀려오는 검은 먹구름은 민간전승의 노래 등에서는 우리 쪽으로 움직여오는 적을 뜻하는 경우가 많다. 한편, 여기서의 바다는 아조프해를 말한다. 통상 스텝 지대의 유목민들은 겨울을 상대적으로 따뜻한 아조프해 근처에서 보냈다. 여기서는 봄과 함께 겨울을 보냈던 아조프해의 폴로베츠인들의 진지에서 육지 쪽으로 그들이 움직여 온다는 뜻이다. (122쪽)

21) 트로얀의 시대가 있었고, 야로슬라브가 다스리던 시절도 지났고 – 루시 역사의 두 국면을 이야기한다. 이교의 시대와 그리스도교 수용 이후 역사문명의 시대를 말한다. (126쪽)

22) "카르나가 목놓아 울려 퍼지고, 젤랴가 루시 땅에 번져 흐르며" – '카르나'는 후회, 회한 등을 체현하는 상징이며, 젤랴는 죽은 이를 위한 애가, 또는 만가라고 여겨진다. (134쪽)

23) 코뱌크 – 폴로베츠의 칸(汗)으로 이고리의 원정이 있기 전, 키예프 대공 스뱌토슬라브를 정점으로 하는 루시 공후들의 연합 원정에서 포로로 잡힌 인물이다. (136쪽)

24) "도시 성벽의 망루에는 좌절감이 흘렀고, 기쁨은 사라졌다" – забралы은 도시 성벽 또는 성채의 윗부분에 있는 앞이 트인 공간으로서, 성벽 너머 가장 멀리 관찰할 수 있는 일종의 망루의 역할을 한다. 동시에, 출정이나 전쟁 등을 위해 도시를 떠날 때 다같이 모여서 배웅하는 장소, 역시 마찬가지로 원정 등에서 도시로 귀환할 때 주민들이 맞이해주던 장소로도 이용되었다. 나중 뒷부분, 이고리 공의 아내 야로슬라브나가 태양, 바람, 강에게 남편의 무사 귀환을 기원하는 부분에서, 그녀는 바로 이 забралы에 올라 태양과 바람과 강에게 노래를 읊는 것으로 나온다. 앞 160쪽의 삽화를 참고하라. 한편, 이 забралы라는 공간은 루시에게는 중세 이래 민간전승 등에서 승리의 기쁨 뿐 아니라 원정 등에서 죽어 돌아온 병사를 맞이하는 슬픔을 함께 나누는 공간으로도 종종 묘사되고 배경으로 등장한다. (136쪽)

А тут плакала не душа красна девушка,

А тут плакала стена да городовая,

Она ведает над Киевом несчастьцо,

Она ведает над Киевом великое.

여기 눈물 흘리는 것은 아가씨의 아름다운 마음이 아니다,

여기 눈물 흘리는 것은 도시의 성벽이다.

도시의 성벽은 키예프의 불행을 바라보며,

도시의 성벽은 키예프의 영광을 바라본다.

25) "황금빛 둥근 지붕의 나의 고대광실은 이미 대들보 없는 천정이다(Уже дыскы безъ кнѣса в моемъ теремѣ златовръсѣмъ)" - кнѣс는 기둥을 말한다. 중세 루시에서 꿈에서 기둥이 없는 집을 보면 엄청나게 불길한 흉조였다고 한다. (138쪽)

26) "고트족의 아름다운 처녀들은 푸른 바닷가에서 노래 부르며 루시의 황금을 흔들고 부스의 시대를 칭송하며 샤루칸의 복수를 마음 속 깊이 간직한다" - 고트족은 크림과 트무타라칸 근처에 살았던 민족이며, 이고리의 원정이 이 트무타라칸까지 이어질 수 있음은 초원의 유목민들은 충분히 짐작할 수 있었으리라고 많은 역사가들은 판단한다. 그런 의미에서 루시인들에 대한 자신들과 교역 관계도 활발한 폴로베츠의 승리는 고트인들에게는 기쁜 소식이었을 것이다. '루시의 황금을 흔들고'라는 구절은 그런 의미에서 폴로베츠인들의 승리로 루시인들의 거주지를 공격할 수

있었고, 이를 통해 루시 인들로부터 획득한 부와 재산 등을 고트인들 또한 폴로베츠와의 무역으로 얻게 되었을 것이다. 한편 이 구절은 루시 전사들에 대한 부인들의 슬픈 애도의 노래에서 '금은보화가 무슨 소용이냐'는 구절과 조응된다고 생각할 수 있다. 우리의 지금 생각과는 꽤 다르게 중세 시대 원정 등은 사실 많은 부분 경제적 목적과 효과를 동반하는 일종의 부를 축적하는 행위였다고 충분히 판단할 수 있을 것이다. (140쪽)

27) "이고리의 아픔을 위하여(за раны Игоревы)" - 중세 러시아어에서 рана라는 말은 현대어보다 더 넓은 맥락에서 쓰였다. '부상(поранение)'이라는 뜻과 함께 불운, 패배, 질병 등의 뜻이 포함되어 더욱 광범위하게 활용되었다. 이런 어휘의 다의미성(многозначность)는 『원정기』 텍스트에서 종종 발견되며, 시어의 다의미성은 각각의 단어에 포함된 의미장을 더욱 넓고 깊게 해주는 상황이다. 『이고리 원정기』는 매우 압축되어 있고 함축적이면서 동시에 용량은 짧지만 아주 '무거운' 텍스트이다. 짧고 간결한 텍스트에서 복합적이고 함축적인 다층적 의미장을 불러온다는 것은 바로 이런 시어 선택에서부터 시작하는 것이라고도 할 수 있다. (149쪽)

28) "푸른 안개에 휩싸인 채, 행운도 따라서는, 전부(戰斧) 세 번을 두드려 노브고로드의 성문을 열며(обѣсися синѣ мьглѣ утръже вазни, с три кусы отвори врата Новуграду)" - 『원정기』에서 가장 이해하기 어려운 난해한 구절 중의 하나이다. 이해가 어렵다기 보다는 초판본에서 띄어쓰기가 불분명하고 표기 자체가 정확한지 의구심을 강하게 자아내기 때문

에 더욱 그러하다. 20세기 말까지 레닌그라드의 리하쵸프 학파 내에서도 이 구절에 대한 해석은 로만 야콥슨의 해석을 가장 신빙성 높은 독해라 인정했지만, 그의 현대어 번역인 "знать, трижды ему довелось урвать по куску удачи"에 대해서는 불만을 드러내고 있다. куски удачи 라는 표현이 중세 동슬라브 문학에서는 찾아볼 수 없는 어결합이라는 이유에서이다. 아직까지 러시아 학계 주류에서는 모험적인 해석보다는 오히려 미학적으로는 중립적이지만 논쟁은 최소화할 수 있는 건조한 현대 러시아어 해석이 제시되고 있다: "объятый синей мглой, добыл он счастье, в три удара отворил ворота Новгорода" (154쪽)

29) "어디선가 날아든 뻐꾸기가 아침 일찍부터 뻐꾹뻐꾹 운다" — зегзица 라는 단어는 중세 문헌에서 보이지 않는 단어이다. 오늘날 여러 지역 방언에서는 비슷한 형태의 어휘들은 종종 맞닥뜨려진다. кукушка, зогза(이상 볼로그다), загоска, зезюля (이상 프스코프) 등이 그러하다. 우크라이나어와 벨라루시어에서도 유사한 여러 형태가 남아 있어 찾아볼 수는 있으나, 현재 초판본 텍스트에서 전해지는 저 형태로는 중세 러시아어에서 찾아볼 수는 없다. (158쪽)

부록

키예프 루시 공령과 전체 지도
이고리 공의 원정도
공후 가계도

# 키예프 루시 공령과 전체 지도

12세기 말 13세기 초 몽골 침략 이전의 키예프 루시

## 이고리 공의 원정도

1185년 4월 23일에서 5월 12일까지 이고리와 브세볼로드의 원정도

◐ 1185년 5월 1일 일어난 개기일식을 이고리 공이 목격한 장소

# 공후 가계도

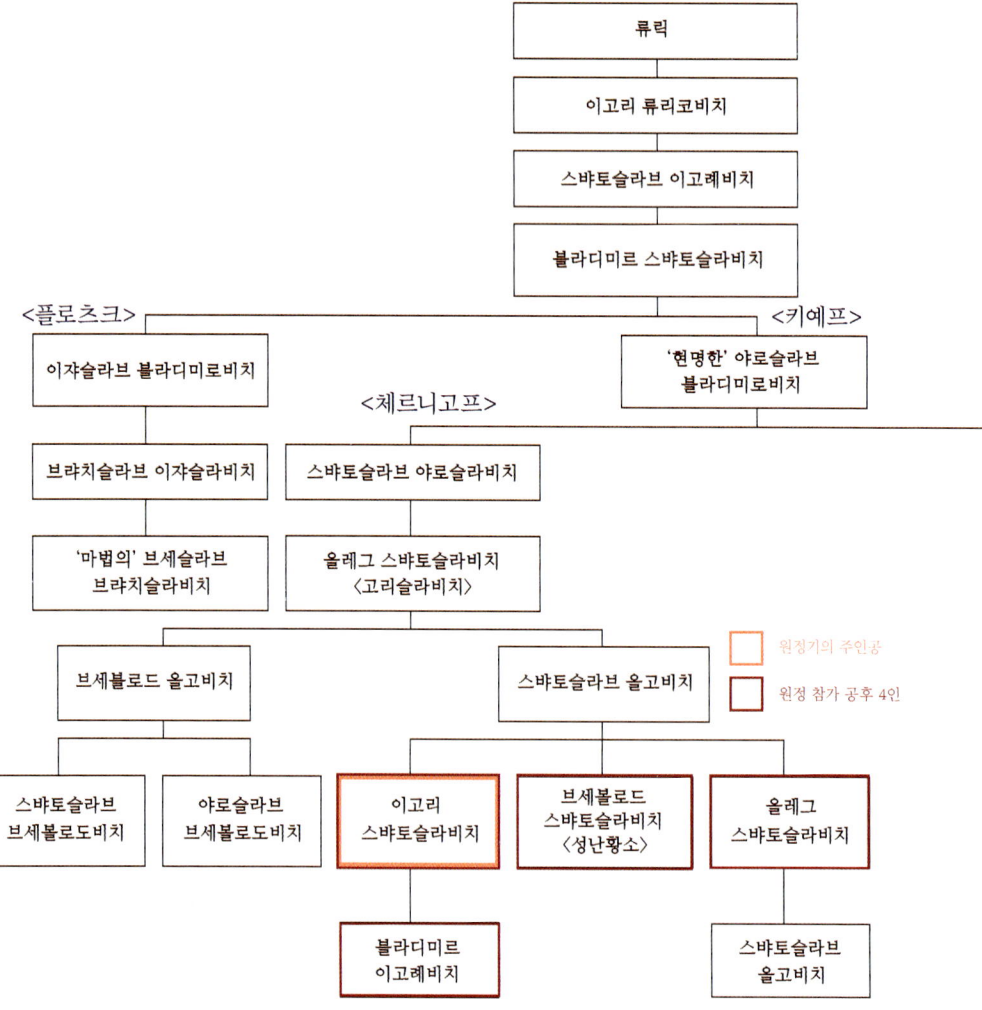

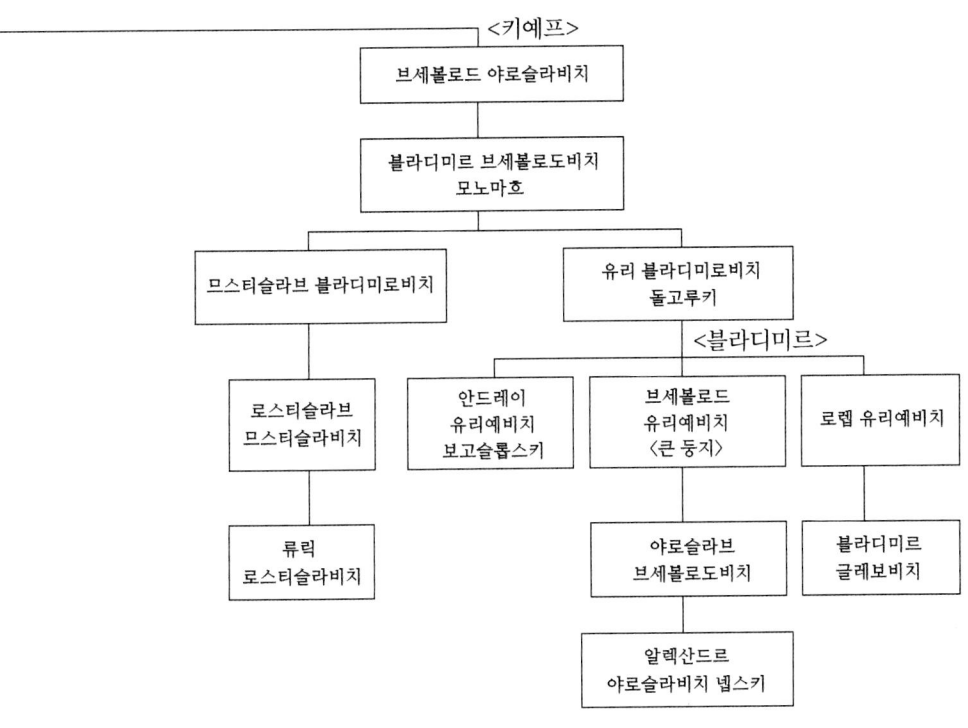

# 번역을 마치며

- 최정현

『이고리 원정기』를 번역하게 되어서 기쁘고 두려운 마음이다. 어쨌든, 했다는 마음에서 오는 안도감과 어깨와 마음에서 무거운 뭔가를 조금은 내려놓았다는 느낌과 동시에, 잘한 번역은 고사하고 엉뚱한(이라 쓰고 엉망진창이라 읽어야겠지만) 번역은 아닌지 하는 걱정스런 마음이 동시에 오가기 때문이다. 아마 거의 모든 번역자들이 이 무렵에 이런 글을 쓰면서 느끼는 마음이지 싶다. 게다가, 대한민국에서 『이고리 원정기』라는 이 작품의 단독 번역이 언제 다시 나올까 싶은 마음에, 지금 이 번역이 처음이자 마지막이 얼마든 될 수도 있을 것이라는 저어하는 마음에, 번역자로서는 더욱 조바심을 내고 더욱 노력했었다는 변명도 미리 한다.

『이고리 원정기』라는 800년도 더 된 중세 루시인들의 사회적 서정시 성격의 이 작품은 주지하듯이 작가가 알려져 있지않다. 번역의 대본으로 쓰인 책은, 그래서, 소비에트 시대 중세 문학과 문화, 역사 연구의 최고 거봉이었던 드미트리 세르게예비치 리하쵸프가 서문을 쓰고, 중세어 텍스트를 편집하고, 현대어로도 옮긴 판본이다. 또한, 우리 이 책에 함께 번역되어 있는 해설 번역과 주석 또한 리하쵸프의 작업이다. 번역자는 편집자의 자격으로 리하쵸프가 쓴 서문, 그리고 중세어 텍스트를 우리말로 번역했으며, 역시 리하쵸프의 독특한 시도인 해설 번역과 리하쵸프가 직접 진행한 주석 일부를 옮겼다. 이 책은 또한 파보르스키의 목판화 삽화가 정말 훌륭하다. 번역자 입장으로서는 파보르스키의 삽화도 너무 마음에 들어 굳이 이 책을 번역의 대본처럼 골랐다. 옮긴이로서 추천하고 싶은 독법은, 먼저 대역 번역을 읽으며 분위기를 느껴보고, 그다음 해설 번역을 살펴보며 내용을 충분히 파악하고, 다음에 한번 더 대역 번역을 보면 그때는 훨씬 더 와 닿지 않을까 생각된다. 번역 대본으로 삼은 책의 정확한 서지 정보는 다음과 같다. Слово о полку Игореве, Вступит. ст. и ред. др. рус. тесктса, дословный и объяснительный перевод с др. рус. текста, примечания Д. С. Лихачева, Гравюры к тексту В. А. Фаворского, М.: Издательство "Детская литература", 1972, 5-е изд.

우리로부터 9000km 가량 떨어진, 프랑스, 영국, 독일, 이탈리아로 우리가 알고 있는 유럽으로 들어가는 길목에 펼쳐진 유럽 중동부 너른 평원에 약 1200년전부터 슬라브인들이라 불리는 사람들이 살았었다. 원래부터 거기 기름진 평원에 터잡고 살았던 그런 심성 나쁘지 않고 풍류 즐길 줄 알며 또 적당히 다혈질이며 적당히 묵직한 그런 사람들이었던 것 같다. 그런 사람들이 처음에는 그렇게 잘 살았으나 시간이 지나며 부족도 늘어나고 그러다 각자 갈라져 나가기도 하고 복잡해지니 뭔가 마음에 안 맞는 일도 생겨나고 많은 경우는 그래도 좋게 잘 해결되었다. 그러나, 그들 내부의 갈등과 반복, 불화가 쌓여나가며 깊어지고 그칠 줄 모르고 계속 되풀이되자 그곳의 뜻있는 사람들 몇몇은 상황에 대해 걱정을 하지 않을 수 없었다.

그러던 와중, 그 슬라브인들이라는 공동체의 한 중간급 지도자(공후)가 관례를 깨고 독단적인 행동을 한다. 물론, 그는 그 나름의 이유가 있었지만, 어찌 되었건 공통의 룰을 깨뜨린 것은 바로 이 작품의 주인공으로 등장하는 '이고리'라는 이름의 공후이다. 그는 자신과 가문의 명예와 영광을 되찾겠다는 허욕을 좇아 전투에 나섰다가 결국 목숨을 잃는 것이나 다름없는 굴욕적인 포로 생활도 하게 된다. 그러나, 부인의 지극한 호소와 간절한 애원도 크게 작용해, 고향 땅으로 되돌아오게 된다. 그런 '방랑'과 '방황' 끝에 아마 이고리 공후는 내적으로 성장해 예전과 다른 신실

한 공후가 되었을 것이다. 이 사건을 소재로 당대와 과거를 조응하며 미래를 투사하는 이 작품의 이름 모를 작가는 이제 점점 커져가는 외적의 위협에 다같이 합심해 우리 조상 땅이자 후손들의 터전을 지켜내자고 주장하고 있다. 그게 이 작품이다. 너무나 불길하게도, 다가올 불행을 작가는 정확하게 점쳤다. 50년이 조금 더 지나, 몽골이라는 거대한 세력은 서방을 향한 대규모 원정에 나섰고, 그 길목에 너무나 요령없이 서 있던 키예프 루시는 저 동방 초원 유목 민족의 말발굽 아래 허무하고도 안타깝게도 모두 피 흘리며 스러져 갔다. 그 직전의 이야기가 이 작품인 것이다.

돌이켜 생각해 보니, 국민(!)학교 때 우연히 읽은 『롤랑의 이야기』가 괜스레 감동적이었던 모양이었다. 20여 년이 지난 나중 문득, 정신을 차리고 보니 중세 프랑스의 『롤랑의 이야기』의 중세 러시아어판인 『이고리 원정기』를 손에 들고 있었으니. 석사 2학기 때 처음 이 작품을 접하며, 왠지 이건 내가 해야겠다는 생각이 들었다. 러시아로 유학 가서는 지도교수님께 한국에서 제가 이런이런 공부를 했었고, 러시아에서는 저런저런 학습을 했으면 합니다라고 말씀드리면서, '슬로보 아 빨꾸 이고례볘'라고 『이고리 원정기』를 (공부)하고 싶습니다라고 얘기는 분명히 했다. 그랬더니, 지도교수님 왈, '초이(번역자 이름 3음절 중 가장 발음하기 편한 음절이라 지도교수님은 그렇게 부르셨다. 나중 성이라는 것을 알고선 상당히 미안해하셨지만, 원체 적응이 되셔서 끝까지 그렇게 부르셨다), 『이고리 원정기』는 책과 논문이 산더미야. 나도 여전히 다 못 읽고 있는 자료들이 부지기수야. 네게 좀더 적절한 다른 텍스트를 연구하면서 『이고리 원정기』의 그 시대도 함께 살펴볼 수 있는 논문을 쓰면 어떨까, 난 그렇게 생각한다'면서 오늘의 번역자가 있을 수 있도록 잘 이끌어 주셨다. 상트페테르부르그 대학교 러시아문학사학과 나탈리야 세르게예브나 뎀코바 (Наталья Сергеевна Демкова) 교수님이셨다. 1931년생으로 여든이 넘는 나이까지 늘 책을 손에서 놓지 않으시던, 진정 학문을 연구하고 학생을 보듬어 키워내던 스승님이셨다. '초이, 당신같이 러시아의 오랜 옛날의 문학이자 러시아적 정신의 가장 본질적인 부분을 연구하겠다는 사람에게 난 매우 잘해줘야 할 의무가 있다'라고 말씀하실 정도로 교육자적 사명과 연구자의 전문성을 한 몸에 체현하고 계신 분이었다. 2018년 겨울, 돌아가셨다. 생각해 보니, 이 번역을 왜 좀더 서두르지 않았는지, 진정 후회뿐이다. 한창 유학 시절이었던 2002년 월드컵 때 '한국이 이탈리아를 이기다니, 정말 대단하더라. 안윤그흐반(안정환이라는 이름을 러시아식으론 이렇게 발음된다) 선수의 골은 정말 멋졌어, 한국 선수들 다들 빠르고 똑똑해. 대단해. 축하한다!' 라고까지 평을 해주실 정도로 그 당시 이미 일흔을 넘은 나이셨지만, 축구 보는 눈도 날카로우셨고, 지도학생 나라가 하는 경기도 빠짐없이 챙겨 보시고선 먼저 말씀해주실 정도로 자상한 분이셨는데. 그런데 막상 지도학생은 러시아에서의 공부가 끝난지 10년을 훌쩍 넘겨서도 몸서리쳐질 정도의 게으름에 500행이 약간 넘는 이 작품 하나 번역도 않고 있었다니, … 이제 언제고 러시아를 다시 갈 때, 꼭 이 조그만 책을 우리 '할머님'(난 이렇게 지도교수님을 언제나 불렀다) 상트페테르부르그 보고슬롭스코예 묘지의 무덤 곁에 두고 올 것이다. 한참 늦었지만 이제라도 했습니다라는 인사는 드려야겠기에.

그렇게 러시아에서 암탉처럼 지도학생들을 품어주셨던 스승님을 만날 수 있었던 것은, 한국에서의 지도교수님 덕분이다. 당신의 세부전공과는 한참 거리가 있었지만, 그럼에도 불구하고, 고려대학교 석영중 교수님은 러시아 문학을 알려면 고대 러시아 문학을 알아야된다는 확고한 신념과 주장으로 고대 러시아 문학 수업을 개설하셨다. 그때 역자는 이 『이고리 원정기』라는 작품을 처음 제대로 알게 되었다. 세상 모든 것은 인연으로 연결되어 있다는 약간은 무책임한 '설' 따위는 잘 믿지 않을 정도의 분별력은 다행히 얻게 되었지만, 그럼에도 불구하고, 어디에선가 우리 인생에는 보이지 않는 어떤 무엇이 있어 결정적인 순간에는 알 수 없는 그 어떤 끌어당기는 힘을 발휘한다고 또 이제는 믿을 정도로 은근 마음도 많이 허물어졌다. 열

한살 꼬맹이가 롤랑의 이야기를 읽으며 감동받았다고 착각한 것은 말도 안되는 겉멋이었겠지만, 오늘에까지 이르게 된 이 길이 1997년 2학기 <고대 러시아 문학> 수업 시간에 이미 시작된 것임은 이제서야 비로소 어렴풋하지만, 분명히 느낀다. 그 길의 시작을 끌어 주셨던 석 선생님, 그 길을 잘 마무리 지어 주셨던 뎀코바 할머님, 두 분께 깊고 깊은 감사의 마음을 이렇게라도 전한다.

　많은 분들이 성심으로 도와 주셨다. 너무나 진부한 표현이지만, 상업성 따위는 생각하지 말고 이런 책도(!) 나와야 한다고 격려해주셨던 러시아 교육문화센터 뿌쉬낀하우스 김선명 대표님에게 고마운 마음뿐이다. 김율하 디자이너님도 삽화 등의 처리가 까다로왔지만 기꺼이 너무나 잘해주셨다. 등 뒤에서 묵묵히 응원해준 가족들, 그리고 아내와 꼬맹이에게도 고마운 마음뿐이다.

너무 늦지 않았으면 하는,<br>
2020년 봄

## 역자 **최정현**

고려대학교 노어노문학과 학석사 졸업 이후 러시아 상트페테르부르그 대학으로 유학을 떠나 중세 러시아 문학을 전공했다. 귀국 후 고려대, 성균관대 등에서 강의하며 고려대, 한양대, 대구대, 성균관대 등에서 연구 프로젝트를 수행하기도 했다. 현재 고려대 등 대학에서 러시아어와 러시아 문학을 강의하고 있다. 논문으로는 "『이고리 원정기』에서의 역사의 선회와 변위", "'소통'의 『이고리 원정기』", "키예프 루시의 '통일성'에 대하여," "『이고리 원정기』의 시학적 공간", "Об одном малоизвестном князе в истории Северской земли Киевской Руси конца XII - начала XIII вв." 등이 있다.

## 편집자 **드미트리 리하쵸프** (Д. С. Лихачев)

20세기 소비에트 시대 최고의 중세 문학 연구가이다. 이 책의 중세어 텍스트, 현대어 해설 번역, 편집자 서문, 역주 모두 리하쵸프의 작업이다.

## 삽화가 **블라디미르 파보르스키** (В. А. Фаворский)

수많은 『이고리 원정기』 삽화 중 가장 유명한 판화를 완성(1952)한 예술가이다. 우리 이 번역본의 삽화는 특히 유명해 1955년부터 2018년까지 12개의 판본으로 출판되었을 정도이다.

# 이고리 원정기
중세 러시아의 영웅 서사시

초판 인쇄 2020년 4월 21일
초판 발행 2020년 4월 28일

지은이  미상
옮긴이  최정현

펴낸이  김선명
펴낸곳  뿌쉬낀하우스
편집  엄올가, 송사랑
디자인  김율하
주소  서울시 중구 동호로 15길 8, 리오베빌딩 3층
전화  02)2237-9387
팩스  02)2238-9388
이메일  book@pushkinhouse.co.kr
홈페이지  www.pushkinhouse.co.kr
출판등록  2004년 3월 1일 제 2004-0004호

ISBN 979-11-7036-035-3 03890

Published by Pushkinhouse. Printed in Korea
Copyright    ⓒ 2020 Pushkin House
             ⓒ 최정현
             ⓒ D. S. Likhachev
             ⓒ V. A. Favorsky

*이 책의 초판간행본을 제외한 원문 텍스트와 삽화는 저작권자와의 계약을 통해 사용되었습니다.

저작권법에 의해 보호를 받는 저작물이므로 뿌쉬낀하우스의 서면 동의 없이 일체의 사용을 금합니다.